貓邏——著

Welkin——繪

目次

第一章　穿越後，我成了實習神官

01

瑪歌穿越了。

她穿進了一款名爲《信仰樂章：萌萌心動》的手遊世界中。

《信仰樂章：萌萌心動》的世界背景是虛構的西方幻想古文明。

玩家從實習神官起步，一路從正式神官開始晉級，要是事業線走得順利，她最後還有可能當上與國王權力相等的聖祭司！

這個世界的王權與神權並重，聖祭司的地位跟國王差不多，而神官身分地位也跟官員、貴族差不多。

在這個有階級制度和奴隸制度的世界，許多職業都是世襲繼承，貴族的孩子也會是貴族，官員的職位只會從官員的孩子中挑選，但是神官卻打破了身分階級。

除了奴隸被排除在外之外，不管是普通百姓或是王室、貴族、官員都能夠參與神官遴選，是百姓爲數不多可以擺脫固有命運，晉升更高一層身分階級的道路。

瑪歌是在玩遊戲抽卡的時候穿越的，穿來的時候人在水中，被人打撈上岸後她就暈倒了。

等到她清醒時，她在這個世界的身分已經被人確認。

那些打撈她的人從她隨身背著的小包中找出幾封信，這些信件被密封的很好，完全沒有被水弄溼，他們也才從信中得知瑪歌的身分。

「瑪歌」是鄰國一位落魄貴族的後裔，家中世代信仰貓神，目前家族嫡系只剩下她一人。

她的家產被旁系成員侵占，他們還想將她賣給大貴族當情人，瑪歌在母親的好友幫助下逃出，來到了母親的娘家「聖泰希國」，一來是遵從母親的意思投奔小舅舅，二來是想要參與萬神殿的「實習神官遴選」。

只是瑪歌的運氣不好，搭乘的輪船在接近港口時遭遇海中的荒獸翻覆，船身折成兩截，船上的乘客都掉進水裡，她帶來的行李也全都沉入海裡，只剩下身上背著的小包。

瑪歌醒來後完全沒有原身的記憶，照鏡子時發現自己的容貌很眼熟。

——冰藍色長髮、翠綠眼眸、白皙粉嫩的皮膚，姣好修長的身材，氣質溫和純淨還帶著點仙氣飄飄……

完完全全就是她在《信仰樂章：萌萌心動》手遊中捏出來的模樣嘛！

所以她到底是遊戲角色穿越？還是原身瑪歌正好也長成這副模樣？

瑪歌對於穿越這件事情並不排斥，她的父母親在她小時候就離異了，後來兩人各自結婚成家，她跟兩家人維持著不遠不近的關係，就當成親戚一樣的來往。

要說對父母親有多深的感情，那肯定是騙人的。

別說親子血緣什麼的，感情都是相處來的，父母親對她也沒幾分關心，唯一關心她、照顧她的外公、外婆都已經過世，她在原本的世界已經沒有在乎、留念的人了。

相反地，對於戀愛手遊《信仰樂章：萌萌心動》的世界，她還挺喜歡的。

這裡雖然是一個有階級制度的世界，看起來像是活在中世紀一樣，但是這個世界是科技和魔法混合的世界。

這裡有神明傳授下來的「神文」，有運用「水晶能量」所產生的各種科技，生活上的舒適度不比現代差。

當然啦！這個生活上的舒適，自然是身分越高的人越能享受的到。

而想要打破身分階級，可以選擇的道路有，通過政府機關考試成爲公務員，成爲王室或是某些貴族的騎士、侍衛或是附庸，或是成爲萬神殿的「神官」。

萬神殿的實習神官遴選一般都是兩、三年招募一次，招募時間大多是在春季，除非非常缺人才會在其他季節破例選人。

瑪歌在小舅舅的協助下，順利入籍聖泰希國，成爲這裡的居民，並獲得一張水晶身分證。

又靠著母親留下的信物和書信，走貓神殿的後門，順利通過實習神官遴選。其實不靠母親遺留的書信瑪歌也能通過，因爲初步的實習神官挑選其實很簡單——看臉。

顏值高的人都能夠通過第一關的遴選。

瑪歌捏出來的外觀很好看，她自身又有不同於這個時代的特殊氣質，就被負責篩選的神官選中了。

進入萬神殿後，神官們會教導他們識字、背誦常用的讚美詩歌、學習生活禮儀……

臨近轉正考核之前，實習神官們會先迎來一次考試，考官會讓他們將這段時間學習到的成果展現出來，最後會淘汰掉一半成績不合格的人。

瑪歌聰明又勤奮，每次考試不是滿分就是拿到最高分，所有人都認爲她肯定能夠通過遴選，只有她自己沒信心。

她從前輩們那裡聽說，正式神官的選取是由神明進行選擇的！

筆試成績再好，神明不選妳，那也依舊會落選！

要是對神明足夠虔誠，就會獲得「神明的恩賜（神賜）」，獲得神賜的人就能夠成爲正式神官，沒有獲得神賜的人，就只能跟你說再見了。

許多人都認爲，瑪歌每天都那麼刻苦又認眞的學習，肯定是對神明相當虔誠，必定會被選中！

然而，當事者瑪歌可不這麼認爲。

身爲異世來客，她本來就跟這個世界隔了一層，尤其她又是知道這個世界是一個戀愛遊戲形成的世界，對於那些神明根本就信仰不起來！

如果說，神官的考試是考神話傳說起源、背誦神明的喜好、神明的家譜或是神明們的愛恨情仇；又或者是讓實習神官吟唱詩歌、創作歌頌神明的詩句，跳請神舞、祭祀舞、祝禱舞、豐收舞、出征前的戰舞等等；再不然考祭祀物品的擺法、各種儀式的禮儀……

這些她都可以！

唯有信仰這一項，噠咩（不行）！

內心焦躁不安卻又不能表現出來的瑪歌，只能更加勤奮地刷日常任務。

她雙手交疊胸口，看著窗外的美景，緩緩朗誦著最常用、最普遍的讚美詩。

「創造天地萬物的創造神啊！您虔誠的信徒讚美您，

您是天，您是光，您是世界的起源……

噢！我敬愛的創世神吶！願所有的榮耀，頌讚都歸與您……」

【叮！完成朗誦詩歌任務，獲得五點勤勞值。】

一面只有瑪歌能看見的光幕在她的面前浮現，這是她的金手指「學習殿堂系統」！

光幕是羊皮紙造型，上面列著一長串的「每日任務」，凡是她已經完成的任務，就會被打上一個紅色勾勾作爲標記，已經完成的任務會自動移動到下方，讓沒有完成的任務排列在上面，方便瑪歌查看。

羊皮紙的右上角顯示著她目前積攢的勤勞值。

羊皮紙的下方畫著一個顏值很高的抽卡池圖案，藍色的水池上面有金、銀雙色交織的魔法彩光，周圍還有粉色花瓣飄落，相當夢幻又美麗。

但是抽卡池的顏値再高，也還是吸引不了瑪歌。

因爲每次瑪歌點擊抽卡池圖案時，總是會跳出一行文字：「請在抽卡池附近進行抽卡」。

瑪歌找了許久，神殿內的大大小小的水池她都嘗試過了，始終都沒能找到抽卡的地點！

瑪歌覺得她得到了一個有殘疾的金手指。

不過有總比沒有好，瑪歌相當知足。

學習殿堂裡頭的時間流速跟外界不同，而且還有老師一對一教學，教完以後還有學習評分，會針對瑪歌的優缺點進行修正。

要是瑪歌能在老師的評分中能夠拿到A級評價的話，她還能額外獲得獎勵，像是金幣、衣服、飾品、家具、美味的食物等等。

正因爲有學習殿堂的關係，瑪歌才能從一個懵懂無知的普通人，變成一位能歌善舞、能用各種旋律朗誦讚美詩歌，能創作肉麻兮兮、用來歌頌神明的詩詞，能跟人排演各種神明相關的舞台劇，儼然就像是一位唱跳、演戲全能的偶像明星的實習神官！

說眞的，瑪歌雖然聽說過，古代的祭司會透過歌舞溝通天地神明，但是她從沒想到神官竟然過著宛如歌舞劇演員、迪士尼在逃公主王子的生活！

在民眾面前要保持著優雅的說話儀態也就算了，平常說話說著說著就突然唱起讚美神明的詩歌；聽到音樂聲就翩翩起舞，而且人多的時候還能不用編排就跳出俐落流暢又配合默契的團體舞！

瑪歌覺得自己在神殿的生活，就像是活在一部神奇又有趣的歌舞劇之中。

她很喜歡這樣「職場環境」，同事都是帥哥美女，雖然因爲性格、出身不同，生活上有些需要磨合的地方，但是因爲信仰的關係，這裡沒有背地裡捅刀的小人，同事間沒有職場上的勾心鬥角，頂多就是爲了自己喜歡的神明的愛恨情仇起爭執（有一種看見不同明星的粉絲們互相吵架的感覺），經常有免費的歌舞表演、詩歌朗誦表演能看……

最最重要的是，成爲正職的神官後，身分拔高一截，食宿免費，有僕人服務，日常三餐都是大廚料理，相當美味，每個月甚至還有高薪可拿！

這樣的工作、這樣的職場環境，有誰會不喜歡？

「尊敬、仁慈、萬能的創世神啊，雖然我不是最虔誠的信徒，但我一定會是最努力、最勤勞的神官，請讓我留在神殿吧！拜託拜託！」

瑪歌雙手合十，對著湛藍的天空由衷地祈禱著。

02

「瑪歌，妳有沒有在聽我說話啊？」

金髮藍眼的少女湊了過來，鼓著腮幫子不滿的發問。

「有，妳說妳打聽到一個大消息，什麼消息？」

瑪歌刷完【閱讀書籍】的任務，將書本闔上。

少女名叫「愛麗兒」，跟瑪歌同一屆的神官實習生。

她是「聖泰希國」第一大貴族的小女兒，性格開朗、豪爽、善於結交朋友，也是他們這一屆實習神官的「包打聽」，各種消息她都能打聽到。

同時，她也是《信仰樂章：萌萌心動》遊戲中的超人氣角色、玩家的競爭對手之一。

當初見到愛麗兒的時候，瑪歌頗有一種二次元人物變成三次元的驚奇感，不過她當時也沒有想要跟對方結識的想法。

因為在她進入萬神殿當實習神官之前，她的舅舅就提醒過她，她會在萬神殿裡頭遇見許多王室、貴族的子女，要注意跟他們的相處。

雖然說進入萬神殿當神官需要捨棄世俗的身分，可是瑪歌現在只是實習神官，要是沒能通過考核，就會被退出萬神殿，重新當回一名小貴族。

噢、不對！她已經入籍聖泰希國了，其他國家封賞的貴族身分在這裡可不通用，她現在就只是一個小平民。

初來乍到，瑪歌當然是聽從舅舅的建議謹言慎行。只是不曉得是穿越者定律，還是這些人氣角色跟她這個「玩家」之間有什麼特殊感應，愛麗兒主動找上她，想要認識她，還想要知道她這個受到「水神」眷顧的人，見到的水神是什麼模樣？

瑪歌受到水神的眷顧這個故事的源頭，源自於她的淺藍色頭髮。

原身的頭髮是金棕色，不是淺藍色。

當天遇難的輪船上，有不少人見過原主，他們雖然不一定能清楚記得原主的五官樣貌，但是眾人可以肯定，船上沒有一個人是淺藍色頭髮！

落水之後就變了髮色，那當然是受到神明的眷顧啊！

瑪歌自以爲自己的行爲低調，但是光靠她那一頭獨特的髮色，就是眾人暗中關注的焦點了！

而一些出身良好的人，自然會有人爲他們打聽好奇的事情，瑪歌受到水神眷顧的事蹟，當然也就在這群實習神官之間流傳開來。

「瑪歌、瑪歌！妳又在發呆，都沒聽我說話！」

愛麗兒在她面前揮了兩下手，語氣顯得有些不滿。

「抱歉，我想到一些家裡的事……妳要跟我說什麼？」

聽瑪歌提到她那個糟心的家族，愛麗兒的怒氣稍減。

「妳家？妳不是逃出來了嗎？難道他們追來這裡找妳麻煩？」

一想到這個可能性，愛麗兒的眼神也瞬間變得凶悍起來，只是搭配她那張甜軟、可愛的臉龐，看起來沒幾分狠意，像是奶兇奶兇的小兔子。

「不是，是我舅舅說要去找他們算帳，拿回我母親的嫁妝，只是我有點擔心，畢竟那家人並不是善良之輩……」

瑪歌不是原主，沒想過討回嫁妝一事，只是她的舅舅說得也對，不能讓她母親的嫁妝被那群狼心狗肺的人揮霍了，她這才同意請舅舅處理這件事。

要是嫁妝能討回，她也沒打算收下，畢竟她不是原主，她會將母親的嫁妝贈與舅舅，謝謝他爲這件事出錢、出力的辛苦。

「妳不用擔心，我會請我哥他們幫妳注意。」

愛麗兒暗暗下定決心，一定要讓哥哥們爲可憐的瑪歌出一口惡氣！狠狠地教訓那群人！

「謝謝。」

「我跟妳說，我打聽到正式神官的考核內容了！」

愛麗兒握住瑪歌的手，神情略顯激動的說道。

「眞的？是考什麼？能夠背誦眾神家譜？熟悉眾神的事蹟？還是獲得一半神明的喜愛？或者是記住所有祝禱歌曲、祭祀舞步？」

瑪歌逐一說出這段時間，實習神官們認爲最有可能的考核選項。

「不是、都不是！」愛麗兒連連搖頭，「我聽說遴選神官那天，神官會將我們帶到萬神殿去，聽說萬神殿有一座神池，我們需要站在神池前面，向未來想要服侍的神明虔誠祈禱，要是能夠獲得神明回應，就能夠當上神官！」

「向未來想要服侍的神明祈禱？」

瑪歌的心涼了一截，事情朝著她最不想要的方向發展了。

愛麗兒沒注意到瑪歌變了的臉色，自顧自地往下說道。

「妳想好往後要服侍哪位神明了嗎？我還在猶豫耶……」

這個世界是多神信仰，流傳的神話典籍號稱天上地下有一萬尊神明，各個大國都會興建一座萬神殿，供養萬神，另外還會建造幾座主神殿，供奉幾位他們認爲最厲害的神明。

因爲各國的王室血統和生活環境不同，除了創世神長年霸占第一主神的位置外，另外幾位主神會因爲國情而有所不同。

就拿聖泰希來說，聖泰希王室自稱是太陽神和海神女兒的後裔，所以在聖泰希的神殿中，太陽神和海神的地位僅次於創世神。

聖泰希王室自稱是神明後裔，他們列舉的證據是：太陽神是金髮金眼，海神和海神的女兒都是藍髮藍眼，而聖泰希王室都是金髮藍眼，融合了兩位神明的特徵。

除了王室和部分貴族，其他的聖泰希人都是深棕髮色和眼瞳，相當好辨識。

不只是聖泰希王室，各國王室對於血脈來源都是同樣的說詞。

貴族們也會給自家祖上找一位神明當祖先，只不過貴族的神明祖先身分會比王室稍微低一些，像是太陽神、海神身邊的附屬神之類，瑪歌覺得，這大概也是階級制度的一種特色吧！

愛麗兒的母親是聖泰希王室的公主，她遺傳到母親那邊的王室血脈，擁有金髮藍眼，也是因爲這樣，她在家裡才會格外受寵。

「瑪歌妳這麼聰明又這麼喜歡學習，智慧之神肯定很喜歡妳！我就不行了，一看到書籍我就頭暈……」

「我有想過去美神殿那邊，美神殿的神官袍都好漂亮，神官們的歌舞也好好看！聽說他們還會自己製作各種保養的香膏和美麗的飾品，好厲害……」

「瑪歌妳長得這麼漂亮，又能歌善舞、讚美詩也朗誦的很優雅，掌管美麗與藝術的美神肯定也會喜歡妳！」

「戰神那邊我們就放棄吧！戰歌需要唱得有氣勢，戰舞也要跳得豪邁威武，我們根本比不上那些男神官，戰神殿的神官身材都好好，那身肌肉……吸溜！」

愛麗兒忍不住抹了一下嘴角，擔心垂涎男色的口水流出來。

「豐收神殿……我也不行，進入豐收神殿的神官都要擅長種植和醫學，我這兩個科目學習不好。」

「不過瑪歌妳肯定沒問題，妳的植物學跟藥草學都學得很不錯，老師都誇讚妳好幾回了。」

豐收神也是擁有自己的主神殿的大神明之一，植物神和醫療神是豐收神的附屬神，神像設置在豐收神殿的偏殿，這導致豐收神殿的神官同樣需要學習植物學和醫學方面的知識。

按照現代人的觀點，醫療神應該是獨立的神明，又或者應該是屬於智慧神那一派的，不太能夠理解爲什麼醫療神會是屬於豐收女神這邊。

後來瑪歌閱讀過神明的故事後，這才得知，這個世界的治療方式是向神明祈禱，外加使用草藥湯進行醫治。

草藥湯自然都是用植物製成，屬於植物神的權責範圍。

植物神是豐收女神的附屬神，醫療體系又是從植物之中衍生出來的，醫療神自然也就被掛在豐收女神旗下了。

「我家裡希望我能夠進入創世神殿、太陽神殿、海神殿其中一座，可是想要侍奉這三位神明的人實在是太多了，瑪歌妳應該可以跟他們爭一爭，我還是算了……」

愛麗兒的偏科嚴重，遇見喜歡的歌舞就會專心學習，成績也很好，遇見不喜歡的就會忍不住混水摸魚，這導致她在一眾實習神官之中，成績只能算是中等。

「哎呀！我家裡為什麼非要我選那些厲害的神明呢？附屬神也不錯啊！美神的附屬神音樂神、藝術神、舞神多優雅啊！婚姻神的附屬神愛神也不錯啊！創世神的愛寵貓神也很可愛……」

「貓神！」

聽到貓神的名字，瑪歌的眼睛瞬間亮了。

對啊！她怎麼沒有想到貓神呢？

其他神明她無法全心信仰，但是貓神她可以！

她前世早就是貓貓教的一員了！

雖然因為租房的房東禁止養寵物，導致她只能雲養貓，可是她假日也經常會去動物所當義工，平常捐款也會捐給收養流浪貓或是流浪動物的單位，偶爾還會去貓咖享受貓主子們的陪伴……

而且原身的母親也曾經是貓神殿的神官，有幾位舊友現在還留在貓神殿裡，她們對瑪歌相當友善，經常託人給她送些小點心過來……

瑪歌不求這些長輩能夠成為她的靠山，只要日後的同事好相處就行了！

根據她這段時間聽到的消息，所有神殿中氣氛最好的就是貓神殿了，這不就是她想要的職場環境嗎？

貓貓教萬歲！貓神萬萬歲！

發現能夠待在神殿的希望後，瑪歌恨不得立刻高歌一曲《喵喵喵》獻給貓神！

03

「瑪歌，妳怎麼了？」

瑪歌突然振奮起來，那雙清澈好看的翠綠眼眸燃起了灼熱的火焰，讓愛麗兒頗感好奇。

「我想到我要侍奉誰了！我想要侍奉貓神！」

「貓神？妳確定？」愛麗兒想要勸阻自家好友，面露遲疑地說道：「瑪歌，我知道妳很喜歡貓咪，平常休息時也總是會跟萬神殿的貓咪玩耍，而且貓神是創世神的附屬神，神像就位於創世神的偏殿，但是信仰貓神只會讓妳跟動物有親和力，並不能爲妳帶來有利的加持啊……」

這個世界的神明是存在的。

信仰神明的神官會獲得神明的賜福，擁有一些神奇的力量，這些特殊力量被稱爲「加持」。

信仰智慧神會有智力加持，「過目不忘」、「聰明伶俐」、「人形知識百科」這些都是智慧神殿的神官身上的標籤。

戰神殿的神官會有「力大無窮」、「氣勢非凡」、「戰技出色」、「精通騎術」這類型的加持。

信仰美神的會有能夠提高顏值、氣質、魅力的「美神祝福」，以及「歌舞精湛」等方面的加持。

信仰太陽神的神官會擁有「短暫地飛行」、「在日光照耀的地方永遠不會遭受詛咒」、「生病或受傷時，在日光照耀下會加快痊癒」等等加持。

這些特殊力量又會根據神明的身分高低、地位強弱有所不同。

雖然貓神是創世神的寵兒，地位僅次於創世神，但是創世神並沒有給予貓神特別的權限，所以信仰貓神，就只有獲得「貓科動物信賴」和「動物親和力提高」兩種加持而已。

但是，「動物親和力提高」這項加持，也能夠從「獸神」、「森林神」這兩位神明這裡取得，並不是獨一無二的。

也因為這樣，貓神殿的神官不多，都是一些喜歡貓咪的神官才會選擇貓神殿。實習神官之間的氣氛雖然不錯，但那也只是表面上的氛圍，私底下，一個個可都是盯著人競爭。

瑪歌的成績出眾，一個落破曉貴族後裔竟然踩在一干貴族、官員兒女的頭上，已經讓不少人不滿了，要不是愛麗兒和維護神殿秩序、秉持正義的神官為她擋去紛爭，她早就被人下絆子離開神殿了。

要是瑪歌選擇了貓神，愛麗兒都可以想像到那些人會說出什麼難聽的話！

「瑪歌，妳這麼優秀，肯定有很多神明喜歡妳，妳……」

「我知道。」瑪歌反握住愛麗兒的手，笑著說道：「或許就像妳說的，我能夠得到幾位神明的青睞，但是說句自大的話，我眞的、眞的、眞的很喜歡貓神，喜歡到可以爲貓神放棄所有，就只想要信奉祂。」

瑪歌的語氣堅定，神情認眞，翠綠眼眸因爲找到了信仰的神明而熠熠生輝，愛麗兒張了張嘴，一堆想要勸阻的話卻怎麼也說不出口。

「……信奉神明本來就要是出自眞心誠意，妳既然已經決定，我支持妳。」

愛麗兒已經在心底暗暗盤算，讓家裡的兄長多替她盯一盯，要是之後傳出了對瑪歌不好的謠言，就讓兄長們出手教訓他們！

「謝謝，我就知道愛麗兒妳會支持我的。」

瑪歌開開心心地給了她一個大擁抱。

愛麗兒笑納了這個香香軟軟的擁抱，又想到自己的情況，忍不住癟了癟嘴。

「眞好，妳已經確定想要信奉的神明了，我還在傷腦筋吶！要是都沒有神明要我怎麼辦？」

「……」

瑪歌很想跟她說「妳不用擔心，妳之後會成為太陽神殿的神官」，只是這是遊戲中的設定，她也不確定到了現實世界，愛麗兒的命運會不會繼續朝著這個方向走？見愛麗兒一臉沮喪，瑪歌想起自己玩遊戲時記下的那些攻略，猶豫了一下，遲疑的開口說道。

「我有一個想法，或許能讓妳通過神官考核，但是我不確定能不能行得通……」

「真的嗎？妳教教我吧！」

愛麗兒激動地握住瑪歌的手，神情就像是看見救世主一般。

遊戲《信仰樂章：萌萌心動》也有正式神官遴選的考核。

在遊戲中，這就是一個展現角色在實習期間的培育程度（屬性）以及服裝搭配的時機。

遊戲中會提供給予十位神明給玩家進行選擇，分別是創世神、太陽神、海神、冥神、豐收神、智慧神、戰神、美神，囊括鍛造、縫紉、木匠、金匠等各種工藝的工藝神，以及掌管愛情、婚姻和生育的婚姻神。

很巧合的是，聖泰希人崇敬的主神也是這幾位。

在遊戲中，玩家對於神明的選擇會影響後續感情線發展，以及遇見的男主角人選。每一位神明都有對應的屬性和佩戴飾品的要求。

創世神要求的屬性最高，每一樣屬性都要達到高分，因爲創世神喜愛貓，所以身上要佩戴貓貓造型的飾品。

而太陽神則是魅力（美貌）要高分，而智慧和武力達到中等分數，在服裝挑選上，玩家要穿著金絲編織的黃金禮服，佩戴大量黃金首飾，把自己打扮成一座黃金雕像即可。

遊戲中很容易達到這樣的穿著條件，只需要按照攻略跟某位富商偶遇，完成「幫忙富商解決困難」的小任務，富商就會贈送衣服。

可是這裡是現實世界，一個有身分階級分隔的封建世界，黃金在這裡被當成「貴人飾品」，只有王室、貴族、掌握一定權力的大官員和神官才能佩戴，其他人戴了會被視爲「輕視王室和貴族」，會遭受嚴厲的鞭刑，嚴重的話還有可能處以絞刑！

愛麗兒的家族是大貴族，母親是王室公主，而且她又遺傳到屬於王室專屬的金髮藍眼，天然地擁有高貴的血脈，所以佩戴黃金飾品、穿黃金絲線織成的服裝，對她來說並沒有問題。

實習神官並沒有專屬的神官制服，每個人在神官遴選這一天都會換上自己最好的服裝、戴上最貴重的飾品，以示尊重。

所以就算愛麗兒在這一天把自己打扮成閃閃發亮的人形黃金燈，也不會有人有意見，反而還會覺得她相當重視這次的遴選，對神明十分敬重。

而愛麗兒一身精心打扮也讓她獲得了想要的收穫。

她獲得太陽神的回應，泛著星星點點光芒的藍色神池飄出一枚太陽造型的胸針，這是獲得神明認可的證明。

愛麗兒激動地捧著胸章，強自鎮定地向神池行禮後，轉身走向太陽神殿大神官的方向。

她的腳步輕快，來到大神官身後站定以後還忍不住蹦跳兩下。

她小心翼翼地將太陽胸針別在胸前，又轉頭跟瑪歌揮了揮手，向她做了個加油的手勢。

04

前來萬神殿神池參加轉正考核的實習神官一共三十七人，愛麗兒是第五位進行考核的，在她之前的幾位都是男性，而且只有一名選擇戰神的實習神官獲得回應。

前面落選的幾位男性都是大貴族出身，心高氣傲，選擇的都是創世神，但是他們的資質又不是十分優秀，學習上也不努力，沒被創世神看上也是理所當然。

瑪歌觀察了一會兒，大概也看出些端倪。

雖然現實中不像遊戲中那樣，有玩家屬性表能看，但是能夠獲得神明回應的，本身都有一部分符合神明喜愛的特質。

那些落選的，自然就是他們的條件不符合神明要求了。

例如：選擇戰神，但是本身的戰技平平，也不愛鍛鍊身體；選擇智慧神，但是本身只喜歡看閒書，並不喜歡鑽研知識；選擇太陽神，但是自身人品卻不光明磊落，容貌也只是普普通通……這些都是落選的主因。

瑪歌是第三十位被叫上神池的。

她遵循著禮儀，站在神池的階梯下對神池行禮，而後邁著輕盈而平穩的步伐踏上台階，緩步走到神池邊緣。

她穿著一襲雪白裙裝，裙裝的領口、袖口點綴著藍色花紋，衣服上有著可愛的貓咪圖案，冰藍色長髮上夾著貓掌印造型的髮飾，腳下是一雙有著貓掌印圖案的短靴。

這些服飾都是她從學習殿堂獎勵的禮物中精挑細選，用來吸引貓神的。

為了能夠引起貓神的關注，她還特地佩戴了鑲嵌著一顆顆小鈴鐺的流蘇手鏈。

鈴鐺和流蘇都是貓咪喜歡的玩具。

要不是場地不合適，她還想弄一盤貓咪愛吃的小魚乾來！

她站在神池前，雙手合掌，念誦一首她自己創作的讚美貓神的詩詞。

等她念誦完畢時，抽卡頁面突然跳了出來。

【叮！偵測到卡池，是否要進行抽卡？】

……欸？卡池？

瑪歌看著被眾位神官當成珍寶對待的神池，心底掠過恍然。

難怪我一直找不到抽卡池！萬神殿平常又不對外開放！

萬神殿在神話當中被稱爲諸神宮殿，地位相當崇高，是神國的象徵。而在人世間，萬神殿就成爲衡量一國國力、財富強弱的標準。

萬神殿都是用眞金白銀打造，黃金、頂級寶石和大塊美玉打造的神像，珍珠、瑪瑙鑲嵌的牆壁和地板，集藝術、奢華和頂級工藝於一體的完美造物。

就連王室的王宮也沒它奢華高貴。能夠興建萬神殿的國家，都是世人眼中的強國。

這樣的萬神殿，理所當然地被當成珍寶對待，只有在重要節日才會開放，平常只有祭司、大神官和定期保養維修的匠人才能夠進出通行。

他們這群實習神官根本就沒機會靠近這裡。

瑪歌定了定心神，點擊「抽卡」選項，而後出現抽卡需要的勤勞值點數。

【一星抽卡，兩百勤勞值。】

【兩星抽卡，一千勤勞值。】

【三星抽卡，一萬勤勞值。】

【四星抽卡，五萬勤勞值。】

【五星抽卡，五十萬勤勞值。】

瑪歌努力了許久，每天都在勤奮地刷任務，卻也只累積了一萬兩千零五十五點的勤勞值。

這個卡池地點實在是太過特殊，要是錯過這一次，下次她還想進萬神殿也不知道要等多久，所以她決定全抽了！

反正之前獲得神明回應的人，也有獲得兩、三件神賜的，她拿個三件也不算特殊。

瑪歌迅速選了三星卡一張，兩星卡兩張進行抽取。

她辛辛苦苦積攢的勤勞值就只剩下兩位數。

在瑪歌用意念在系統頁面進行抽卡時，外界的神池也同步發生變化。

其他人獲得神明回應時，景象是這樣的：

蔚藍的神池浮現出星星點點的金色光芒，光芒匯聚成一道星河，在神池水面上旋轉、圍繞，形成一個發光的金色光圈。

神賜之物從金色光圈中浮現，飛到被神明選中的實習神官手中。

而輪到瑪歌時，畫面是這樣的：

神池浮現絢爛的金光，十幾道光柱自池裡直衝而出，穿過萬神殿穹頂，直入天際。光柱之中，一個絢爛又華美、精緻的魔法陣形成。

粉色的花瓣順著光柱落下，與金色光點相伴飛舞；悅耳動聽的仙樂自空中傳來，滌盪人心。

就在眾人深深著迷於這神聖又夢幻的景象時，幾樣發散著七彩光芒的物品從魔法陣中飛出，緩緩地落在瑪歌懷裡。

瑪歌抽卡獲得的三星道具是【中級治療術】。

中級治療術可以醫治大多數的傷勢和疾病，但是重傷和重大疾病無法救治。

兩樣二星道具則是【貓神最愛的美食食譜（食譜提供者：廚神）】、【貓神喜歡的梳子（工藝神製造，品質可靠）】。

另外還有一條不在抽卡範圍內的「貓神黃金項鍊」。

瑪歌：哇喔！不愧是深受創世神寵愛的貓神，用的物品都是神明特製呢！

第二章　貓神的關注

01

「那個人就是引發神蹟的神官啊？她的髮色眞特別，是有水神血脈嗎？」

「聽說是搭船來的時候，遇到海裡的荒獸攻擊，全船人都掉進海裡，她幸運的獲得水神賜福……」

「眞好，我也好想被神明賜福……」

對於「掉入海裡，獲得的卻是水神賜福」這件事，不管是傳播謠言的人或是聽到故事的人都沒有異議。

一來是那艘船準備停靠的港口正好有一條大運河，內陸河流歸水神掌管，水神出現很合理。

二來是聖泰希國王室自稱祖先是太陽神和海神的後裔，海神不去賜福瑪歌這個非王室血脈，很合理！

「她的眼睛是綠色的，該不會還獲得了植物神或是豐收神的賜福吧？」

「不是，她的家族是鄰國的小貴族，眼睛是那邊的血脈遺傳。」

「聽說那天見到神蹟的人，身上的病痛都消除了！可惜那天我被派遣外出的工作，沒能見識到……」

「聽說她是這一屆最優秀的，怎麼不選擇創世神或是太陽神、海神吶？」

「這個我知道！聽說她非常喜歡貓神，想要一輩子服侍貓神呢！」

「哇……她眞是好虔誠啊！」

對於周圍的注視和議論，已經被圍觀十多天的瑪歌相當鎮定。

她捧著剛摘採下的鮮花，向刻意路過花園跟她偶遇的人微笑點頭，步伐不疾不徐地走向貓神殿。

即使已經過去快半個月，神官遴選當天發生的神蹟，依舊爲人津津樂道。

許多人宣稱，被神光照耀過、聆聽過神界的美妙樂曲後，他們身上的各種疼痛和傷病都痊癒了！

這些並不是誇張說詞、也不是心理作用，而是眞正發生的「神蹟」，畢竟這是一個有神明存在的世界。

傷勢痊癒的人非常願意向詢問的人展示身上已經癒合的疤痕，而疾病痊癒的人也會拉來許多人爲自己證實，他們曾經生病的事實。

不少人特地跑來觀看她這位引發了神蹟的人，好奇她爲什麼會獲得神明關注。

也因爲這樣，即使瑪歌選擇了貓神，周圍的人還是對她親近友善、恭敬有禮，不敢以高高在上的姿態對她指指點點。

愛麗兒之前擔心的情況完全沒有發生。

來到貓神神像前，瑪歌將鮮花放在花瓶裡，調整出一個最好看的模樣後，再擺放到祭壇上供奉。

瑪歌仰頭看著坐在半人高的祭台上，貓身足足有兩公尺高的白玉貓神像，臉上禁不住露出燦爛的笑容。

她已經如願進入貓神殿，成爲貓神的神官了！

貓神殿座落於創世神殿的隔壁，眾神裡頭，也只有貓神能夠進入創世神的神殿範圍內，其餘諸神都被安排在他處。

據說會這麼安排，是因爲一個有趣的故事。

據說在世上第一座創世神神殿建造完成時，祭司和神官想要再放入幾座神像陪伴創世神，但是因爲當時的技術和材料，建造出的神殿並不大，只能再放入兩座神像，於是競爭就開始了。

所有人都認爲，能夠入住創世神偏殿的神明，肯定要是創世神最寵愛、最器重的神明。

然後眾位祭司和神官們就出現了長達一個多月的辯論，每個人都能爲自己支持的神明說出創世神寵愛／器重的事蹟，都認爲自家神明有資格入住創世神的偏殿。

有時候辯論到一半，神官們還會上演全武行。

事情遲遲未能定下，後來還出現神明的神諭，神明希望信徒們努力一點，爲祂投票，讓祂可以進入神殿陪伴創世神。

接到神諭的眾人激動了，他們肯定要達成自家偶像的心願，讓祂順利成團，不對，是入住創世神的家！

接下來又是長達三個月的爭論和打架。

後來還是創世神看不過這烏煙瘴氣的場面，直接降下神諭，點名只要祂的愛貓陪伴即可，其他神明都長大了，該出去組成自己的家（神殿）了！

於是自此以後，所有創世神的神殿中，只有獲得創世神親口承認的愛貓才能擁有自己的貓窩，其他神明都安置在各自的神殿之中。

後來萬神殿的出現，也是因爲被踢出家門的神明偷偷向信徒們要求，想要一個可以裝下所有神的大神殿，這樣一來，祂們就可以跟創世神住在一起，創世神就不能因爲家裡太小而將祂們踢出去了！

萬神殿因此而生。

神殿會因爲神明的身分有建造規格上的不同，祭祀萬神的萬神殿是規模最大、最宏偉、最華麗莊嚴的，其次是主神殿，再往下的神明就沒有自己專屬的神殿了，都是依附在自家上神的神殿之中。

例如：植物神、醫療神和商業神（又名財神）就是依附於豐收神的神殿之中。再往下還有一些小神，像是花神、泉水仙子、服侍神明的神侍這類，這些信眾稀少的下位神明會被雕刻在壁畫之中，連自己的神像都沒能擁有。

除此之外，雖然各個國家信奉的神明都是一樣的，但是因爲國情、地理環境以及代代口耳相傳的差異，關於神明的人際關係和一些典故會有所不同。

以商業神爲例，聖泰希人認爲商業神是豐收神旗下的次級神，但是也有國家將商業神歸於智慧神旗下。

所以也會出現不同國家的人聊天時，經常爲了神明的歸屬而爭吵。

貓神殿的神官不多，加上瑪歌也僅僅只有三十五人，另外還有五名執事神官，兩名大神官以及一位祭司，總計四十三人。

就算加上五十名負責打掃清潔的僕人，也還沒有滿一百人。

跟隔壁的創世神殿高達五百多人的神官外加兩百多名僕人比起來，眞可說是小巫見大巫。

不過他們人數雖少，事情也少呀！

平常就是在貓神像面前吟唱讚美貓神的詩歌、跳跳舞，再來就是餵食貓神殿飼養的貓貓們、跟貓貓們玩耍、爲貓貓梳毛，一天就這樣開開心心、快快樂樂地過去了。

作爲一位貓奴來說，這是多麼美好又愜意的工作啊！

而且他們人數少，升職機會相對大，至少他們的競爭是三十幾人在競爭，不是像隔壁的創世神殿那樣，五百多人競爭少少的幾個升遷機會。

神殿的階級制度是這樣的：神官往上晉升就是執事神官，就是從普通職員變成小主管；執事神官往上是大神官，也就是部門主管；大神官往上是祭司，祭司是主神殿的主要負責人，相當於經理一職；祭司再往上就是聖祭司，聖祭司管理所有祭司和整座萬神殿，等同於總經理，如果以官員體系來做比喻，聖祭司一職相當於國王，地位相當崇高。

瑪歌這半個月來暗中觀察貓神殿的同事和主管，發現他們都是相當好相處的愛貓人，心性也單純、平和，沒有什麼勾心鬥角、喜歡踩著別人圖利自己的人，讓瑪歌對未來的生活放心了大半。

瑪歌還從其他神官口中得知，貓神殿之所以人數稀少，並不是因爲貓神不受歡迎，畢竟貓神神像座落於創世神的偏殿，抱著「近水樓台」的想法，想利用貓神貼上創世神的人也不少。

不過貓神的遴選標準嚴格，那些不是眞正喜歡貓咪的人，不管本身多麼優秀，一概都不會被選上。

如果是喜歡眾多動物，不是只喜歡貓咪的人，那就會被轉去豐收神殿讓豐收神旗下的獸神接手。

而如果是抱持著歪心思的人，在神池遴選時還會被貓神的虛影撓上幾爪子，「喵喵」叫著斥責一番，之後還會成爲眾貓公敵，一靠近貓咪不是嚇得貓咪四處逃竄，就是被兇惡的貓咪撓上幾爪子。

也因爲貓神的這一番操作，所有人都知道，能夠留在貓神殿的神官，都是被蓋章認證的純正貓奴，那些僞裝成貓奴的人都別想來碰瓷！

久而久之，自然而然，後面的實習神官都得了告誡，不敢再拿貓神當接近創世神的踏板了。

02

「瑪歌，我去花園摘花的時候發現一隻小貓！牠好像生病了！」

神官安妮雙手捧著用乾淨手帕包裹的小貓，急匆匆地跑來找瑪歌。

「怎麼了？我看看……」

就在這時，系統也跟著觸發了緊急任務。

【叮！緊急任務：醫治生病的小貓。獎勵：五百點勤勞值。】

即使沒有系統任務，瑪歌也會幫小貓治療的。

「貓貓應該是三個月大，周圍我看過了，沒有母貓。」安妮迅速說明經過，「牠渾身都在發抖，身上沾了露水，身體很冰冷……」

現在的季節是秋季，早晚氣候偏涼，外出都要搭件披肩或是薄外套，不然很可能染上感冒。

才幾個月大的貓咪在這個時節，很容易因爲氣候多變而生病。

瑪歌抬起手，掌心向下，虛虛地覆蓋在小貓身上，金色光芒自她掌心發出，包裹住小貓的身軀。

溫暖的光芒滲入小貓體內，驅散了疾病和寒冷，原本虛弱得發不出聲音的小貓，在治療過後恢復不少精神。

白橘相間的小貓仰起小腦袋，感激地舔了舔瑪歌的手，發出「咪嗚咪嗚」的稚嫩叫聲。

「好了，給牠喝點湯，這幾天精心照顧，身體就會恢復健康了。」

瑪歌用指尖輕輕地摸了摸小貓的腦袋，笑著叮囑。

「好，我等一下就帶牠去廚房吃飯。小貓貓，聽見沒有，要多吃一點，讓自己健康起來喔！」

安妮溫柔地看著手上的幼貓，順手調整包裹貓咪的手帕，讓包裹在其中的貓咪不會因爲被手帕束縛而想要掙脫。

抬起頭，安妮對著瑪歌露出慶幸的笑容。

「幸好有妳在，不然這隻小貓就要喝苦湯藥了。」

瑪歌獲得治癒術的情況，神殿所有人都知道，每一位獲得神賜的人都能得到特殊能力，即使瑪歌獲得的能力不同於其他人，也沒有人覺得瑪歌太過特殊。

只是不曉得是不是被貓神過於獨斷、任性的性格所影響，所有人都有一個誤解——瑪歌的治療術只能用來醫治貓咪。

沒有人認爲瑪歌的治療術可以醫治人類或其他動物。

瑪歌是後來才察覺到這一點的，但她也沒有出面澄清。

前段時間的神池奇蹟已經讓她出盡風頭了，好不容易這些日子安靜下來，她可不想再引來關注。

「我今天要教廚師新的菜，一起去廚房吧！」

「有新菜嗎？太好了！之前的香燻魚、銀魚魚乾、奶魚湯跟鮮魚三吃好好吃！我每次都搶著吃！」安妮笑嘻嘻地回道。

兩人踏著輕快的步伐來到廚房，見到瑪歌出現，廚師們熱情的上前迎接。

「瑪歌神官，『三鮮湯丸』的材料都準備好了！」

廚房負責人「庫克」大廚笑容滿面的上前迎接。

他的外貌就跟世人對廚師的既定印象差不多，氣色很好的紅潤胖臉，脣上蓄著八字鬍，營養充足的豐腴身材，身上穿著潔白的廚師袍。

「瑪歌神官，您今天還是一樣美麗動人……」

「瑪歌神官，您的氣色眞好。」

廚師們用著樸實的語言恭維著瑪歌。

技術和知識在這個時代是壟斷的，即使有錢也不一定能夠學到想學的東西，瑪歌願意教他們新食譜，而且還是廚神的食譜，讓每位廚師對瑪歌都相當感激。

「瑪歌神官餓不餓？廚房有小麵包、奶魚湯、香燻魚、銀魚魚乾和一些水果……」

「麻煩給我一小碗奶魚湯，這小貓還餓著呢！」

安妮笑嘻嘻地接口，順勢將手上的小奶貓捧高，展現給眾人看。

「這隻小貓生病了，可是瑪歌救回來的呢！」

「好好！我馬上就端魚湯過來。」

「可憐的小貓，幸好你遇見了瑪歌神官。」

廚師們笑嘻嘻地爲小貓端上小半碗已經煮好放溫的奶魚湯。

小貓聞到魚湯香氣，立刻狼吞虎嚥地吃了起來，不一會就將小半碗的魚湯喝完了。

「咪嗚咪嗚……」小奶貓還想再喝，仰頭朝著瑪歌叫著。

瑪歌摸摸他的肚子，不出意料地摸到圓鼓的肚皮。

「不能再喝了，你已經吃飽了喔！」瑪歌笑著對小奶貓說道：「先去睡一覺，睡醒之後就有好吃的吃了。」

「咪嗚……」

小奶貓嫩聲嫩氣地叫了一聲，又舔了舔瑪歌的手指，乖乖地讓安妮抱走了。

安妮和小貓走後，瑪歌和廚師們要開始準備中午的餐點了，廚師們開心地讓出灶台，退到一旁爲瑪歌打下手。

一般而言，神官是不會進廚房的，廚房裡有專業的廚師，不管是神官的食物或是貓餐，只要吩咐一聲，廚師們就會盡心地烹煮美食，送上餐桌。

只是瑪歌獲得了【貓神最愛的美食食譜（食譜提供者：廚神）】，自然就想要試著煮一些貓餐，了解這些食物到底有多美味。

即使貓神吃不到，也能給貓神殿裡頭的貓貓們吃嘛！

於是她就成了極少數進入廚房的神官，甚至在廚師之間引起了小騷動。

後來嘗試的結果也相當令人滿意，不愧是貓神愛吃的美食，不愧是廚神精心研製的食譜，貓咪們相當喜歡這些餐點，飛快地一掃而空，還會去搶其他貓咪的食物吃。

瑪歌也沒想要把自己變成廚師，所以每道菜的作法她都會跟廚師們分享，讓廚師們獲益不少。

後來貓神殿的神官得知這是貓神喜愛的食譜，而且食譜是出自廚神之手，紛紛對它感到好奇，當天的餐點就多了一道貓神食譜上的菜，讓瑪歌頗感意外。

品嘗過後，神官們驚爲天人，紛紛向祭司提議讓貓神餐點加入日常飲食之中，而祭司竟然也答應了！

之後，貓神餐點的影響更是從貓神殿往外擴張，其他神殿也紛紛添加了貓神餐點，甚至就連貴族們的餐桌上也多了幾道貓神美食！

就連醫療神官也會向病人推薦貓神餐點，在生病時以及病癒後的調養期推薦他們吃貓神餐。

這情況讓瑪歌大感震驚。

雖然說，貓神餐點使用的食材跟人類餐點一樣，差別就是口味清淡一些，在現代也有飼養人因爲好奇而去試吃貓糧、貓食，但是這個世界的人不是特別講究身分地位、階級差距嗎？

跟貓咪吃一樣的食物，那些貴族們不覺得有失身分嗎？

03

「不會啊！」

被詢問的第一貴族之女愛麗兒回得理所當然。

「這可是廚神特製、貓神最愛的美食，能夠獲得兩位神明的認可，那是多麼珍貴的食譜啊！怎麼會有人嫌棄呢？」

瑪歌……好吧！是她低估了這世界的人對神明的崇拜。

再說了，貓神食譜所使用的食材都是純天然、無添加的，又不是像現代那樣加了一堆調味粉、香粉香精、誘食劑、色素等等的化學食品，安全可靠，食物安全上絕對沒有問題，他們想吃就吃吧！

「今天要煮的是『三鮮湯丸』，廚神在食譜上記載，這是貓神相當喜歡的菜，幾乎每天、每餐都要吃。食材昨天已經請你們準備了，一共需要三種主食材，黑毛牛肉、大白魚和彩羽雞肉，另外還要香草葉、調味木、奶香果……」

瑪歌穿戴好雪白的圍裙後，逐一巡視料理台上的食材，確定食材準備無誤。

「去掉魚刺、骨頭，將肉剁碎，再用剝去樹皮的調味木敲打成泥狀，分裝在大碗裡面……」

調味木帶有淡淡的木質香氣和些許鹹味，具有去腥和調味的作用，在煮肉湯和魚湯時，廚師經常會將調味木削成片狀加入湯裡。

「將奶香果、利百葉、金菇、嫩芽菜、白星蕈……這些食材剁碎，等一下分別放入不同的肉泥裡混合……」

肉泥跟不同的蔬菜、香料攪拌均勻後，瑪歌讓廚師們將它弄成扁圓形的丸子狀，之所以不弄成圓形，是因爲圓形小丸子會滾動，進食不方便，而且要是貓貓碰一下肉丸，肉丸就滾一下，恐怕會變成「貓貓玩肉丸球球」的場面。

美食變成玩具，這樣可不行！

成形的肉丸被放進滾開的開水裡煮，魚丸加了不同的蔬菜佐料混合，呈現出白、藍、綠三種顏色，據說這是貓神最喜歡的顏色。

肉丸子煮熟後就被撈起放在盤子裡晾涼，他們一共煮了三大盆的肉丸，全部煮完後清澈的開水變成了淺淺的乳白色清湯。

瑪歌沒有試吃肉丸子，而是舀起一小碗煮肉丸的清湯，吹了幾口，讓熱度降下後，淺淺地嘗了一口。

「好鮮！」

瑪歌驚喜地瞪大眼睛，忍不住又喝了兩口，要不是湯太燙，她眞能一口氣喝完！

「又鮮又香！難怪食譜上會說，三鮮湯丸的湯可以排在名湯中的前十名！」食譜記載，這道三鮮湯丸最鮮美的就是用來煮肉丸子的湯，這湯可以直接喝，也可以當成高湯，用來煮湯或是加入各種菜餚中調味。

廚師們聽到瑪歌的稱讚，也紛紛拿了小碗，給自己舀了一杓湯品嘗。

「唔！好好喝！這眞的是剛才煮肉丸的水嗎？怎麼比湯還要好喝？」

「天啊！這是什麼樣的鮮味！太好喝了！」

「沒有腥味，滋味比魚湯、肉湯都要鮮美，香氣馥郁又不會搶走湯本身的鮮甜……」

「太不可思議了！明明就是煮肉丸的水，爲什麼會比平常我們精心燉煮的湯還要好喝？」

「不愧是廚神的食譜！」

「偉大的廚神！偉大的菜餚！」

眾位廚師們舉著手上的湯匙高聲歡呼。

瑪歌舀了幾大杓的湯盛進白底藍色花紋的大湯碗裡，再往裡頭放入二十幾顆三鮮湯丸，準備送到貓神殿供奉給貓神。

這是她一直以來的習慣。

總不能做好貓神喜歡的菜餚後，不拿去供奉貓神，反而自己私下吃了，這可是對貓神大不敬吶！

獻給貓神的餐點並不會放上一天或是幾日，通常是這一餐放上去，到了下一餐的時間就收下來，稍微加熱一下後就給貓咪們吃。

不只是食物，就連供奉的鮮花也一樣，每天早上神官們都會摘採新鮮的鮮花供奉，要是遇到沒有鮮花的季節，就會用布料、珍珠、金銀絲做成假花，用假花進行供奉。

假花放置的時間會長一點，基本上都是一個月更換一次。

按照神官們的說法就是：東西放久了，神明也會看膩，還是要多換換花樣讓神明們看著開心。

瑪歌心想，要不是神殿的財力有限，神官們怕是會早、中、晚都放上不同的寶石花束！

被替換下的寶石花束並不會浪費掉，這些曾經供奉神前的寶石花最受貴族和富商們喜愛，他們認爲這些寶石花放在神殿，沾染到神明的光輝，佩戴上會有好運。所以每次到了寶石花替換下來的日子，神殿裡就會湧入大量貴族和商人採購這些物品。

且不說這些附加在寶石花上的故事，就算只看寶石花本身的工藝，那也是能夠被當成最頂級藝術品的。

神殿供奉的寶石花都是由神殿裡頭的匠人們製造的，這些隸屬於神殿的匠人本身都是精挑細選、手藝傑出的工匠。

跟外頭需要擔心銷售量，需要看買家臉色、製造出符合貴族審美的匠人不同，隸屬於神殿的匠人，吃穿不愁、薪資優渥，每天唯一需要想的就是該怎麼打造出最頂級、最好的東西獻給神明。

沒有人會去干涉他們的創意，沒有人會去影響他們的審美。

他們可以一心一意地鑽研技術和藝術，儼然跳脫匠人身分，列入藝術家的行列之中。

也因爲這樣，神殿的寶石花是連王室都稱讚的藝術精品，王室幾乎每個月都會派人過來收購寶石花。

瑪歌端著湯來到貓神殿時，正巧見到匠人們送來新一批寶石花，神官們正在進行替換。

瑪歌到來時，寶石花替換正好到了尾聲。

瑪歌將三鮮湯丸放在祭壇中央，兩旁立著五個造型不一的花瓶，每一個花瓶上都有美麗又璀璨的寶石花。

「咦？這盆造景是貓神跟創世神嗎？做的很不錯吶！」

瑪歌見到放在不遠處的寶石盆栽造景，訝異地稱讚道。

盛裝的盆栽是一個長橢圓的深棕色深盤，造景的中央處是用黃金和寶石製造的創世神和雪白大貓，一神一貓坐在樹冠巨大的古樹下，繁茂的樹冠葉子只有小指指甲蓋大小，全是一片片手工打造的，粗略一看估計有數萬片，相當耗時費工。

拇指大的寶石花環繞在創世神和貓神周圍，寶石花上甚至有豆子大小的蝴蝶和小鳥，不管是花朵或是蝴蝶、小鳥都做得栩栩如生，手藝十分精湛。

一看就知道是相當耗時費力、耗費諸多心血打造的作品。

「瑪歌神官，這是我按照妳說的盆栽造景做的，妳看看是不是跟妳說得一樣？」

製作花盆造景的寶石匠「胡力」來到瑪歌面前，他的面容方正、容貌憨厚，下巴有早上剛刮過鬍子的淺淡紅痕，棕色眼眸炯炯有神，臉上帶著自豪的笑容，顯然對自己的作品相當喜愛。

瑪歌初次見到寶石花時，發現匠人們都是做成花束或是花樹的模樣，雖然花朵造型精緻又美麗，看多了也會覺得膩。

瑪歌便跟當時在場的匠人聊了幾句，建議他們可以製作盆栽造景，還舉例了幾種造景樣式，有些匠人面露不以爲然的表情，也有的很感興趣，胡力便是感興趣的人之一。

今天展現的就是胡力這段期間做的最好、最出色的作品。

「做得很棒！你的心意肯定能夠傳達給貓神的！」瑪歌笑讚了一句。

「謝謝妳的祝福。」胡力咧開嘴，笑得有些傻氣和得意。

瑪歌跟著安放寶石花的神官和匠人們站在祭壇前，輕聲念著供奉貓神的詩詞。

當一首短詩唸完時，貓神像突然發出沖天金光，柱狀金光往周圍擴散，包裹住瑪歌送上的三鮮湯丸以及旁邊的寶石花。

金光像是有意識一樣，在祭壇上來回掃蕩，像是貓神在挑挑揀揀祂的供品一樣。

最後，在眾人驚喜、興奮又崇敬的目光中，金光裹夾著湯碗和一盆寶石花消失了！

04

「神神神、神蹟啊！」

人群中，不知道是哪位男子過於激動，尖著嗓子，吼出了男高音。

「貓神帶走了供品！祂喜歡供品！」

「是、是我的造景！我做的花盆被貓神帶走了！」

寶石匠胡力激動得又叫又跳，甚至在原地跳起了慶祝的舞蹈。

「……還眞的拿啊？」

瑪歌瞠目結舌地看著湯碗原先的位置，那裡已經空無一物。

從她成爲貓神殿的神官開始，兩個多月的時間裡，她每次做出食譜上的食物時，都會拿來供奉給貓神，只是貓神像始終沒有動靜，而她也覺得很正常。

雖然來到一個有神明的世界，可是她親眼見到的神蹟也只有上次神池抽卡的那次，其餘時間的生活都還是很正常的。

瑪歌也聽到不少神官說過，要是供奉的東西神明喜歡，神明會將之取走的故事，可是瑪歌並沒有親身經歷過，而說出這些故事的神官也都是聽到其他人的轉述，並不是親眼所見。

傳說故事都是誇張的，從網路訊息爆炸時代過來的瑪歌，對於這些人云亦云的消息有著天然的不信任感。

她覺得那些神蹟都是被創造出來，強化信徒的信仰的，沒想到……

貓神眞的收走供品啦！還收走了她做的三鮮湯丸！

三鮮湯丸果然是貓神的眞愛啊……

瑪歌彷彿見到，在雲端之上的神國中，一隻雪白大貓正捧著湯碗呼嚕呼嚕地吃著三鮮湯丸，露出滿意又高興的神情。

想像著那畫面，瑪歌臉上忍不住露出燦爛的笑容。

哎呀！我家貓神眞可愛！

「剛才發生什麼事？我看見貓神殿有一道巨大的光柱！」

「是有什麼神蹟出現嗎？」

神殿外衝進一大群人，好奇又激動的詢問。

「貓貓貓貓貓、貓神！貓神降臨了！」

「哈哈哈哈哈感謝神恩！我沒想到我有生之年竟然能見到神蹟！」

「盆景！剛才貓神將我做的盆景取走了！貓神喜歡我做的盆景！」

寶石匠胡力激動得滿臉通紅，手舞足蹈地大喊。

「不只是盆景！還有一碗湯！」

「湯？是不是三鮮湯丸？那是貓神最喜歡的湯！」

貓神殿大廚庫克廚師激動地插嘴附和。

「早上瑪歌神官教我們製作這道湯，廚神食譜上說是貓神最愛的湯！」

「該不會貓神是聞到湯的氣味，這才跑來查看的吧？」

「查看的時候順便將喜歡的花盆帶走？」

眾人一想，覺得確實很有可能。

「哎呀！怎麼我就沒趕上？」一名匠人懊惱地拍著大腿，「我製作了一座巨大的寶石花籃，只是因爲有幾朵花還沒完成，就想著等下次再來供奉……」

「既然貓神都睡醒了，說不定以後也會繼續查看祂的供奉？」

貓神喜歡睡覺，一睡就是好幾年，這是人人皆知的故事。

而貓神一旦醒來，祂就會持續玩耍好幾年再去睡覺，所以匠人們想要讓貓神看見他們製作的供品，還是很有可能的。

「庫克廚師，下次你們什麼時候煮湯？記得跟我說！」

「對對！跟我說一下，我好提前準備！」

「我也是！」

一群匠人包圍住庫克廚師，熱鬧哄哄地說著。

神國。

貓神糾結地看著懷裡的「小碗」，祂聞到三鮮湯丸的氣味，還以爲是廚神煮的，沒想到是人間的小信徒供奉給祂的食物。

廚神竟然將祂愛吃的食譜給了小信徒，難道廚神是想偷懶不做菜？

這怎麼行！小信徒供奉的小碗都不夠祂一口吞的！

貓神氣憤地吃掉三鮮湯丸，三鮮湯丸的滋味和夾雜在食物裡頭的滿滿情感，讓貓神豎起的眼瞳逐漸變成圓形，表情也轉爲得意。

小信徒雖然廚藝一般，可是她好喜歡我呀！

貓神懶洋洋地在草地上打了個滾，回味著這份情感。

祂能從供品中品嘗到小信徒在製作這份料理時的意念，她是一邊想著貓神、一邊製作食物的。

『三鮮湯丸好好吃！不愧是我家貓神喜歡的食物！』

『可惜沒辦法直接端給貓神吃……』

眞是、眞是大膽！竟然敢說偉大的貓神是她的！喵！

貓神抬起爪子拍了拍地上的青草，又在草地上打滾幾圈。

人間的信徒對祂大多是敬畏，或是將祂視爲討好創世神的途徑，像小信徒這麼熱烈又眞摯的喜愛，祂還是第一次感受到。

貓神搖了搖尾巴，決定將小信徒納入祂關注的範圍。

不過廚神想要偷懶這件事，還是要給予懲罰！

巨大的藍眼白貓自草地上起身，大大地伸了個懶腰，而後縱身一躍，下一步就出現在千里之外，速度比流星還快，踩在雲朵上的步伐卻像是微風一樣輕盈。

在貓神降臨並且拿走供品後，貓神殿迎來了諸多的參拜人潮和熱烈的供奉。

每個人都希望自己的供品能夠獲得貓神喜愛。

而「成功上供」的寶石匠胡力和瑪歌，自然受到多方關注和詢問。

寶石匠們都想要知道胡力是做出什麼樣的東西，才討到貓神的喜愛？

原本只是眾多中級寶石匠其中之一的胡力，這幾天都意氣風發，笑容滿面，宛然成爲寶石匠中的大紅人。

他除了應付每日前來打探的人之外，私下也更加專注地精研手藝，希望日後可以晉升成爲高級寶石匠，獲得製作供品、上供給主神的資格。

——創世神、太陽神和海神的供品他完全不敢奢望，唯有獲得王室封賞、手藝最精湛、最頂級的「金匠師」才有資格製作獻給創世神的供品。

他只希望能夠製作給美神、智慧神、豐收神這些主神的供品。

就如同神明有主神、高位神、低位神、神侍之分，獻給神明的供品和製造匠人也有級別區分。

匠人的等級分爲初級、中級、高級和「黃金級」。

創世神、太陽神、海神和王室所使用的物品，都是由黃金級匠師及其團隊製作的。

戰神、智慧神、豐收神、美神、工藝神等主神供品，以及大貴族所使用的物品都是由高級匠師製作；主神旗下知名的附屬神供品由中級匠師製作；更低等的、連神像都沒有的低位神明的供品，便是由初級匠人製作，同時也開放民間的商人和小貴族上供。

胡力也在貓神神蹟發生的幾日後，送來一個親手打造的首飾盒給瑪歌，感謝她給他的建議，並詢問更多造景之事，瑪歌也將自己知道的跟他說了。

部分匠人得知胡力被收走的供品是出自瑪歌的點子後，紛紛找上她，希望能獲得指點，瑪歌也將前世看過的貓玩具、貓爬架、貓窩、貓梳子等物跟他們分享，希望這些手藝精湛的匠人可以開發出更多貓神和貓咪們喜歡的東西。

在匠人們努力發揮創意的期間裡，廚師們也摩拳擦掌，每天都烹煮三鮮湯丸上供貓神，只可惜，貓神沒有再將供品收走，讓他們在失望之餘，也更加精進自己的手藝，希望能煮出獲得貓神喜愛的食物。

不知道自己傷了一堆廚師心的貓神，在撓花廚神的臉，吃掉廚神精心製作的食物後，又逼著廚神寫一本廚師筆記，這是貓神要給小信徒的回禮。

要是小信徒的廚藝能夠進步，祂就能吃到美味又蘊含著熱烈情感的食物了！

第三章　祝禱日的神賜

01

不知道貓神給自己定下「功課」的瑪歌，正高興地觀看機械匠人「銅木」製作的「跑跑鼠」。

這個世界的「水晶科技」相當厲害，飛船、自動行駛的車輛、彷彿機器人一樣的活動木偶都能製作出來。

只是這些東西都只有王室和貴族能夠使用，平民的勞動方式還是以人力跟畜力爲主。

這裡所使用的能源是一種特殊的「能量水晶」，這些能量水晶遍布世界各地，據說是大地女神死後所化的結晶。

而且能量水晶是可再生資源，不用擔心像礦石、石油那樣會被挖掘殆盡。

能量水晶相當環保，要是能量消耗光了，只需要按照水晶的種類和產地，將水晶埋進土裡、晒日光或月光，或是放進水中就能讓消耗的能源慢慢補充回來。

跑跑鼠也是用能量水晶作爲能源驅動。

只要按下開關，跑跑鼠就會在平地上急速奔跑，還有自動迴避障礙的功能，遊戲的趣味性比瑪歌前世的電動老鼠好玩多了！

沒看見貓神殿飼養的貓咪們，正追著跑跑鼠玩個不停嗎？

「銅木，你真是太厲害了！這個跑跑鼠貓神一定會很喜歡！」瑪歌大大地誇讚道。

「是、是嗎？能喜歡就好。」銅木笑得斯文靦腆，眼底泛著光芒。

光是看他高瘦白淨的外表，恐怕大多數人會猜測他從事文職工作，很難想像他會是一位機械匠人。

「還有需要改進的地方嗎？」銅木詢問著。

「它的造型可以多一點，不一定要全是老鼠，球、車子、小鳥、跳跳魚、動物這些都可以試做看看。大小也可以改一下，不需要全部都是一樣的規格。」

「好，我記下了。」

銅木認真地將瑪歌的建議記錄在筆記上，決定回去之後就試試看。

送走了銅木，瑪歌來到貓神殿念誦詩歌，繼續刷今天的任務。

就在貓神降臨，取走供品的隔天，瑪歌被貓神殿的祭司召見，祭司讓她參與下個月萬神殿的祝禱儀式。

瑪歌這才知道，原來每個月的月圓之日被定為「祝禱日」，各殿祭司、執事神官和一部分正職神官會到萬神殿的神池那裡念誦詩歌，進行祝禱儀式。

儀式完成後，神明會按照自家信徒的虔誠心意，給予不同的神賜。

不過也不是所有人都能獲得神賜，根據神殿多年研究，天賦越好、心意越是虔誠的神官，才會獲得神明的關注。

也因如此，各殿祭司會挑選自家最看好的後輩、未來接任職務的人選參與祝禱儀式。

貓神殿可以帶去參與儀式的名額是十名，創世神殿、太陽神殿、海神殿這三個王室主祭神殿則是有二十個名額，其餘主神殿是八到十五個名額，而沒有主神殿的神明，則是根據神明的權責和地位，各有三到六個名額。

照理說，參與祝禱儀式獲得神明關注的機會，應該會被眾人爭搶，各種心機手段盡出。

但是因爲貓神殿的人數少，再加上貓神殿的神官們感情好，祭司和主管神官們處事公正，所以這樣的機會都是輪著來的。

按照規矩，才剛加入貓神殿的瑪歌，應該是被放在輪換的最後名額，等到資深神官們輪完後，才會輪到瑪歌這個新進神官。

只是因爲瑪歌引發了兩次神蹟，就連聖祭司也聽聞瑪歌的事情，詢問過一回，祭司和神官們考慮過後，決定讓瑪歌提前參與祝禱儀式。

瑪歌一被提前，原定的十人之中就會有一人被往後挪，被挪後的人還是跟瑪歌感情不錯的安妮，這讓瑪歌對她感到抱歉又尷尬。

安妮得知此事後，主動跑來找瑪歌開解。

「妳別這麼想，其實是我自己主動去找執事神官調換的。」

「爲什麼？」瑪歌面露困惑。

「因爲想要炫耀！」

安妮抿嘴笑了笑，說出跟她溫柔笑臉完全不同的話語。

「讓那些囂張的太陽神殿、海神殿神官們看看，我們貓神殿也是有獲得神眷的厲害神官的！」

「呃……」

安妮在瑪歌的印象中，一直都是溫柔、喜愛貓咪的大姊姊形象，如今卻是難得地看見她的笑容泛著怒氣，背後好像開出了一朵朵黑色百合花。

「嚇到妳了？抱歉，我每次只要一想到太陽神殿和海神殿的一些混蛋，就忍不住……」

安妮收斂了發散出的黑色怒火，又恢復到原本溫柔親切的形象。

「大家都是神殿的神官，照理說我們所有人的身分都是平等的，但就是有一些人，自認爲侍奉的神明厲害，就輕視其他神殿的神官，尤其是太陽神殿和海神殿的討厭鬼！」

接下來，安妮就細細跟瑪歌說了貓神殿跟太陽神殿和海神殿的「愛恨情仇」。

說到底，三座神殿的神官之所以「交惡」，是爲了替自家神明「爭寵」！

一直以來，「創世神最喜歡的神明是誰？」都是三座神殿神官爭論不休的話題。

在貓神殿的神官們看來，貓神是創世神第一個塑造的神明，理所當然是創世神最喜愛的神明。

可是在太陽神殿的神官眼中，他們認爲，貓神只是創世神養的寵物，太陽神是創世神第二個造物，而且還被創世神倚重，讓太陽神代替祂巡邏大地，所以太陽神才是創世神最愛的神明。

海神殿的說法跟太陽神殿差不多，海神爲創世神掌管遼闊的大海，深受創世神重視，海神才是創世神的最愛！

也因爲這樣，三座神殿的神官每每相遇，就會陰陽怪氣一番。

這種「競爭」在神池這裡表現得最清楚。

因爲貓神殿人數少，參與祝禱儀式的名額也分的少，而太陽神殿和海神殿人數多，名額足足有二十個，多了一倍。

這就導致太陽神殿和海神殿獲得的神賜比貓神殿多，兩座神殿的神官就會以此嘲笑貓神殿，說他們不得創世神喜愛，讓安妮和貓神殿的神官們氣得牙癢癢。

02

「神池的神賜跟創世神有什麼關係？神賜不是我們信仰的神明賜下的獎勵嗎？」

瑪歌相當茫然，完全不懂神池跟創世神之間的關係。

「不是喔！神池是創世神留在人間的通道。」安妮解釋道：「創世神雖然沉睡了，但是祂留下神池作爲人間跟神國的溝通橋梁，所以我們才會每個月都進行祝禱儀式，向神明祈求平安賜福……」

安妮解釋了神池的來歷後，又道：「聽說我們在進行祝禱儀式時，神池會將我們的心意傳達給創世神和神國，而後神國的神明再依據創世神的評價降下神賜，所以神官們認爲神賜的數量代表著創世神的關注……」

「原來是這樣啊……」

瑪歌理解了，但是又有新的疑問冒出。

「可是他們人多，我們人少，拿到的神賜自然就比較少，這怎麼能比？」

「不是比總數，是比單人獲得的神賜數量。」安妮解釋道：「目前拿到最多神賜的是太陽神殿的奧多爾，他幾乎每次都能拿到神賜，有時候甚至會有三件神賜！海神殿的海因斯也很厲害，不過他的狀態不穩定，有時候沒有，有時候會有兩、三件……」

這兩個人就是瑪歌最大的競爭對手。

「瑪歌妳的天賦好，又獲得神明的喜愛。」安妮握住瑪歌的手，激動的說道：「妳一定可以狠狠打那些人的臉，讓他們再也不敢小瞧我們貓神殿！貓神才是創世神的最愛！」

「……嗯，我會努力。」瑪歌僵硬地笑著。

雖然很高興可以再去神池那裡抽卡，但是一想到神賜背後的含意和「競爭」，瑪歌就覺得相當頭疼。

「這有什麼好爭的呢？貓神肯定是創世神的最愛啊！有誰能不愛貓貓？」

瑪歌看著祭壇上白玉雕成的貓神像嘀咕。

爲了可愛的貓神，她一定要努力刷任務、賺勤勞值，不能讓親愛的貓貓被人小看了！

瑪歌做了個深呼吸，讓自己靜下心來，全心全意地投入祝禱文的練習中。

不投入不行，系統似乎有什麼神奇的偵測能力，做任務時，專不專注、認不認眞它都能發現，要是敷衍了事是沒辦法獲得勤勞值的。

【叮！背誦祝禱文一篇，獲得兩百點勤勞值。】

看著勤勞值入帳，瑪歌滿意地笑了。

還沒有成爲正式神官時，系統的任務勤勞值都是十幾點、幾十點，成爲正式神官以後，任務的勤勞值都是一百點起跳、最多能拿到一千點，讓瑪歌刷任務的動力大幅提升。

但是基礎點數提高，任務也出現限制，現在一種任務只能刷十次，不能無限制地刷，例如背誦詩詞、唱歌、打掃、澆花、爲貓貓梳毛這些簡單的任務，以前瑪歌都是靠刷這些簡單任務賺點數的，現在一個種類就只能做十次，多了不算分，讓她也有些苦惱。

幸好「治療任務」沒有次數限制，而且給的點數多，雖然不是經常有貓咪或動物受傷需要醫治，但至少也是一個不錯的勤勞點收入來源。

短短不到三個月的時間，她已經賺取兩萬多點勤勞值了，相信在神池抽卡那天到來時，她可以賺超過三萬點，甚至有可能達到四萬點勤勞值。

這些勤勞值應該足夠碾壓其他神殿的人了吧？應該可以讓貓神有面子了吧？

「加油、加油！我一定會得到很多神賜，一定不會給貓神丟臉！貓神是最棒的！」

瑪歌看著精緻好看的貓神雕像，揮舞著雙手為自己加油打氣，並朝貓神像露出燦爛的笑臉。

瑪歌原本以為，祝禱日這一天應該是要等到月亮升起時才會進行祈福儀式，結果下午就被要求淨身沐浴，到了傍晚，天色還沒黑的時候就被帶來萬神殿了。

貓神殿由祭司領隊，外加兩位執事神官帶領十名神官，一共十三個人。

進入萬神殿後，裡面已經有其他神殿的神官預先抵達了，幾十個人正低聲交頭接耳地閒聊著。

貓神殿祭司回頭朝執事神官點頭示意，執事神官領著瑪歌等人熟門熟路地走到兩側的大石階處坐下，而貓神殿祭司則是跟其他祭司一樣，坐在祭司的專屬座位。

大石階的每一階約莫小腿高，貼著牆面圍繞著整座萬神殿，有點像是羅馬風格的廣場階梯。

牆壁上有著各種神侍和神明故事的雕像，這些雕像在雕刻完成後，還被細心地添加色彩，並用金箔、寶石碎片、彩色貝殼等物裝飾，成爲一幅美麗又華麗的畫作。

瑪歌好奇地環顧四周，雖然全都是不認識的人，但是從他們身上的衣服顏色、花紋和飾品，瑪歌也能辨識出他們的身分來歷。

各殿祭司是藍袍金邊，執事神官是紅袍金邊，一般神官是白袍爲底。

不過即使都是白袍神官，依據信仰的神明不同，衣服上的花紋樣式和鑲邊的緞帶顏色也不一樣。

貓神殿的神官袍子是白底藍邊，衣服上有著各種可愛的貓咪圖案和貓咪樣式的飾品；太陽神殿神官的衣服是白底金邊，大大小小的太陽和雲朵圖案妝點袍子；海神殿的衣服也是白底藍邊，但是海神殿的藍色比貓神殿的顏色更深，裝飾的範圍更多，領子、袖口、腰帶以及下半身的衣著都是深藍色，圖案是海浪、魚和海浪；智慧神是書籍、文具和各種象徵知識的符號；豐收神是各種穀物、農作物和金錢；美神是花卉、彩虹和美女俊男的人像，身上還會佩戴各種蕾絲、寶石、珍珠製成的飾品，把自己妝點得華美非凡；冥神神殿的神官袍則是黑白相間，黑色部分占了七成，白色占了三成，裝飾圖案是天秤、靈魂、夢境和月亮的符號，看起來素淨又莊嚴……

這個世界的太陽、月亮由來也很有趣，跟貓神有關。

傳說中，貓神因爲覺得無聊，跟創世神討要玩具，創世神便搓了一顆金球和一顆銀球給祂。

貓神玩著玩著，金球掉下神國，穿過雲層，來到當時還一無所有，只有天空和大地的人間。

金球變成了太陽，高高懸掛，照耀著半邊的世界，而沒有照到的半邊就成了黑暗一片。

貓神便將銀球也推下神國，落到黑夜那邊，銀球就成了月亮。

之後創世神便點化這兩顆球，讓他們變成太陽神和月神。

順帶一提，在神話故事中，月神嫁給了冥神，與其共掌黑夜和冥界，所以冥神殿神官身上的袍子，才會是黑白搭配，才會有月亮圖案出現。

等到眾人都到齊後，由在場的創世神殿祭司引領，眾人齊唱《詠讚創世神》的詩歌。

03

「偉大的創世神啊，您是萬物的主宰，您是靈魂的指引，您的光輝照耀了迷路人，您是聖潔又仁慈的存在。我們敬愛您、我們信仰您……」

《詠讚創世神》並不長，大概就兩百多個字，是所有神官入門必學的詩歌之一。

唱完《詠讚創世神》後，就到了表演時間。

對，是表演，而不是什麼嚴肅的儀式。

各座神殿的神官輪流上場，站在神池前的空地或是圍繞著神池邊緣，進行詩歌朗誦、歌唱、跳舞、武術表演等演出。

現場的演出都是團體演出，沒有個人表演。

瑪歌猜想，這應該是因爲現場的神官人數太多，要是一個個上場演出，那就太耗費時間了。

參與祝禱日的人，除了十大主神殿的神官之外，醫療神、植物神、廚神等附屬神的神官也有參與，只是他們的人數比較少，所以都是併入自家主神殿，與他們同坐在一起。

瑪歌感覺這些神官的歌舞跟她前世看過的偶像明星表演差不多，只是少了燈光和舞台特效罷了。

瑪歌原以爲祝禱儀式是一群神官很嚴肅、莊嚴地念經，沒想到實際情況竟是觀看各座神殿的演出！

這讓穿越到異世後，沒了網路，不能玩手機遊戲，沒有綜藝節目可以看，少了許多娛樂消遣的瑪歌覺得相當開心。

要不是祝禱日一個月只有一次，而且還需要輪流過來，瑪歌眞想將祝禱日加入她的娛樂行程之中！

表演順序是從附屬神先開始，由他們先進行暖場，而後才是十大主神殿的神官輪番上陣。

主神殿人多勢眾，自帶樂隊伴奏，表演起來也更加華麗有氣勢，光是看美神殿一干俊男美女，優雅美麗、有如頂尖歌舞團隊的表演，就讓瑪歌覺得值回票價。

戰神殿的猛男們裸著上半身表演戰舞，鼓聲隆隆，表演者的舞姿並不複雜，而是充滿著陽剛氣息的力與美。

戰神殿的男神官們將身體鍛鍊得相當好，肌肉結實健美、舞姿霸氣，帶著紅紋和火焰圖案的神官袍子隨著跺腳、邁步、踢腿、旋轉的動作擺動，剛強與性感交織，讓圍觀的女神官個個臉紅心跳，鼓掌的手都揮出了殘影。

「啊啊啊德倫神官好帥啊！」

「凱亞神官的身材好好！胸肌好結實，腹肌線條好漂亮嘶溜……」

「阿爾傑神官的舞步好霸氣、好性感、好誘人……」

「啊啊啊啊戰神殿的神官怎麼可以帥成這樣！難怪一堆貴族小姐都想嫁給他

們！」

各殿的女神官們低聲竊竊私語，祭司們也沒有攔阻，祝禱儀式並不嚴肅，只要不大聲喧嘩，破壞表演進行，鼓掌叫好、低聲討論都是可以的。

戰神殿的戰舞表演精彩，不僅獲得眾位神官稱讚，神池發出的特效彩光也比前面幾場要來得恢宏華麗。

泛著火焰一般紅光的光芒自神池發出，形似岩漿的金紅色光雨淋在戰神殿所有表演者身上，這是神明賜下的祝福，據說可以消除疾病、增強體質以及讓受到賜福的人有一段時間的好運。

另外，還有幾名戰神殿的神官獲得了護腕、臂環的神賜之物，上面都帶有象徵戰神的火焰印記。

——根據神話典籍記載，戰神是從岩漿中誕生的，掌管火焰和戰爭，所以戰神殿的神官袍是紅、白、黑三色，並以火焰和兵器圖案作爲裝飾。

戰神殿之後便只剩下貓神殿、創世神殿、太陽神和海神殿沒有表演，貓神殿在這幾座神殿中的地位最低，所以是先上場的。

瑪歌跟著執事神官和其他同事一同走向神池，圍繞著神池邊緣站立，而後眾人齊唱一首新歌《神國上的貓神》。

「神國上有一隻可愛的貓神，牠的毛色潔白如雪，祂的眼睛凝聚了星光，一見到祂，我的心就瞬間明亮，世界因爲貓神而變得美好……」

歌曲不長，差不多就只有一分多鐘，這是貓神殿的神官最新創作的歌曲。

爲自家信仰的神明作詩文、寫歌、編舞、製作各類型藝術品大概是所有神官的統一愛好，貓神殿也是如此。

貓神殿有一位相當喜歡寫歌的「拜爾德」執行神官，聽說他一天可以寫出十幾首歌，無時無刻都在哼唱不成調的曲子。

貓神殿每次的祝禱日獻曲，都是唱拜爾德所寫的歌曲。

拜爾德的歌曲曲風類似民謠，充滿著柔和、抒情、清爽的風格，旋律簡單、感情眞摯，即使是前世偏愛流行歌曲的瑪歌，也很喜歡拜爾德創作的歌曲。

一曲唱畢，神池開始發出微光，瑪歌趁這時機進行抽卡。

她現在有四萬五千八百點，可以抽四張三星卡和四張兩星卡。

如果是以前，瑪歌肯定全抽了，但是現在既然知道往後還可以再來，想法當然就不同了。

與其用五千點抽五張兩星卡，還不如湊一湊變成一萬點，去抽三星卡。

即使瑪歌現在還不清楚二星跟三星卡的差別是什麼，但是星星數越多、卡片就越珍貴這個道理她還是懂的。

更何況，她剛才也關注了一下神官們的神賜，發現他們大多只是獲得祝福，神賜之物只有幾個人擁有，而且一個人最多也只拿到兩件，她抽四張三星卡就能獲得四件，已經比其他人還要多了！

在斑斕的金色光輝之中，瑪歌的抽卡結果是：

【中級廚藝技能】

備註：貓神希望妳增進廚藝，爲祂製作更多美味的食物。加油吧！神官，快點用美食討好妳家貓主子！

【空間儲物格十格】

備註：同類物品可以疊加放在同一個格子。

【貓貓知音】

備註：讓妳能夠聽懂貓貓的意思，更加了解貓貓。

【跟寵：神國雲魚一條】

備註：創世神的小型造物之一，也是貓神的玩具。

雲魚最初誕生的原因是要爲創世神打理花園和草坪，後來有了神侍後，雲魚就成了貓神的陪玩玩伴，貓神喜歡趴在雲魚身上讓牠載著到處跑，也喜歡睡在雲魚上晒太陽。

看見抽卡結果，瑪歌頓時覺得不妙。

她抽了四張卡，結果能夠顯現出來的神賜就只有神國雲魚，在其他人看來，她就是只獲得一件神賜。

安妮可是希望她來爲貓神殿爭臉面的，如果只有一件神賜的話不能算爭臉面吧？

匆忙之中，瑪歌打算再抽幾張二星卡湊湊數。

結果在她正要進行抽卡的時候，神池突然傳出動靜，一條兩公尺多、有著金色鱗片的大魚從神池中跳出，直接落到她懷裡，足足兩百多斤的重量把猝不及防的她給撲倒了！

「啊！」

「天啊！」

一眾神官被這意外嚇得發出尖叫，貓神殿的神官們慌慌張張地上前救援瑪歌。只是金鱗大魚實在是太大太重，渾身鱗片滑不溜丟，而且牠還很有活力地蹦跳、甩尾撲騰，幾個魚尾巴拍打下來，貓神殿的神官們都被擊倒，完全拿牠無可奈何。

後來還是由身強體健、力量大且具有精湛地格鬥技術的戰神殿神官將金鱗大魚抱走，解救了被大魚壓趴的瑪歌。

就在瑪歌被攙扶著起身時，神池又噴出一本厚重的筆記本，直接砸向她，把她嚇出一身冷汗。

幸好旁邊有人動作敏捷地抓住了那筆記本，這才沒將她的腦袋砸出腫包。

「這是……《廚神的筆記：廚藝教學》？」

拿著筆記本的神官念出書本封面上的文字，神情茫然地將筆記本遞給瑪歌。

瑪歌無語地接過筆記本，她現在已經清楚地知道貓神對她的廚藝到底有多麼不滿了。

不只是抽卡提高廚藝，還跟廚神拿了教學筆記，這是想將她訓練成廚師嗎？

回過頭，瑪歌看著被戰神殿神官抱在懷裡，十分有活力地掙扎著的金鱗大魚。

這魚……該不會是貓神給她的食材吧？

04

最後，那隻食材魚還是沒有被煮來吃。

金鱗大魚的原名叫做「金鱗旗魚」，是位於深海中，相當珍貴、味道十分鮮美的大型魚種。

在神話故事之中，金鱗旗魚是海神相當喜歡的寵物，海神出巡大海時，身邊就會有龐大的金鱗旗魚魚群陪伴。

祭司和眾位神官認爲金鱗旗魚是神賜之物，是海神的愛寵，是要好好養著的，把牠當成食材是大不敬！

什麼？那是貓神丟給小信徒瑪歌，讓她練習廚藝的？

你怎麼知道是貓神想吃？說不定祂是要小信徒養魚呢？

貓神喜歡吃魚、養魚、玩魚的事蹟早就廣爲人知，沒有人認爲貓神丟一條魚給小信徒養有什麼不對。

至於瑪歌身邊已經有一條更加珍貴、更加稀罕的神國雲魚，不需要再養一條食用魚的情況，已經被眾位祭司和神官直接忽略了。

在一番激烈的討論後，金鱗旗魚被放入海神殿的「藍海湖」之中，由海神殿的神官精心飼養。

藍海湖的原身是一座湖底連通大海的小湖，在興建海神殿時，小湖被開鑿成直徑百里的大湖泊，被當成海神殿神官們親近大海、溝通海神的重要地點。

「瑪歌，妳眞是太厲害了！沒想到貓神連神國的雲魚也送給妳……」

安妮一邊餵養著小貓，一邊高興地跟瑪歌聊天。

祝禱日發生的事情，當天晚上就流傳開來，隔天就傳遍了所有神殿，不少人都特地跑來觀看瑪歌獲得的雲魚，要不是海神殿守得緊，養在那裡的金鱗旗魚也會成爲熱門的圍觀景點。

「可惜這次只獲得雲魚跟廚神的筆記本，太陽神殿的人拿到三樣東西。」瑪歌遺憾地說道。

貓神丟來的大魚打斷了瑪歌抽卡，導致瑪歌獲得的實體物品比太陽神殿的還少，想要殺殺太陽神殿威風的目標沒有達成。

「拜託！又不是光看數量！而且妳拿到的是三樣，不是兩樣啊！」安妮瞪大眼睛反駁：「神國的雲魚、廚神的筆記還有海神的愛寵。其他神官拿到的大多是沒什麼用處的裝飾品，多少人羨慕妳啊！」

「……我漏算那條魚了。」

瑪歌不好意思地笑了笑，她一直將金鱗旗魚當成食材，沒算入神賜之中。

「哈哈，那可是貓神最愛……的金鱗旗魚，又是海神的愛寵，妳怎麼可以不將貓神的神賜放在心上？」

安妮含糊地抹過「吃」這個字，畢竟金鱗旗魚是海神的愛寵，要是他們將金鱗旗魚當成食材，被海神殿的人知道恐怕又是一場紛爭。

「說到神賜，我一直很好奇，神明給予的神賜到底是怎麼評斷的？爲什麼有些人有、有些人沒有？」

要是瑪歌沒有抽卡系統，說不定會以爲神賜是隨機贈送，但是有了抽卡系統以後，她總覺得會不會是這裡的神官人人都有一個抽卡系統？

「神賜是神明觀察神官的修行後給予的獎勵。」安妮笑著回道：「據說在創世神陷入沉睡以後，其他的神明因爲沒有創世神管著，鬧出許多事情來，闖下大禍，差點毀滅世界……」

世界都要被毀滅了，創世神當然就被驚醒了。

祂察覺到問題，先解決了神明們闖下的災難，而後給予眾神懲罰，讓神明們輪流受罰。

在神明受罰期間，神明耽擱的工作就由該神明的信徒完成，爲此，創世神降下神旨，賜予神池和神官一職。

「……神池連通神國和創世神，神官可以透過神池跟創世神和神國溝通，創世神和神國上的神明可以透過神池觀察人間情況，了解神官的工作做得好不好，並且賜下獎勵。」

「做得好不好？是指讓神官去幫助別人、教導信徒嗎？」瑪歌回憶著其他神殿神官的日常，「可是我們貓神殿就只是照顧貓、陪貓咪玩，這樣也行？」

「行啊！我們是貓神殿的神官嘛！」安妮回得理所當然，「不同的神明有不同的職責，我們信奉貓神，所以只需要照顧好貓咪們就可以了。」

「原來如此。」

這種專職分工瑪歌倒是沒想到，她還以為要到處傳教、到處招募信徒呢！不過這樣也挺好的，她對於傳教眞的不感興趣，但是照顧貓貓、陪貓貓玩耍就非常願意了。

【叮！幫一隻貓貓打理毛髮完成，獲得兩百點勤勞値。】

「好囉！毛毛都梳得很順，打結的地方都修剪掉了，還抹了護毛素，現在白雪是一隻精緻、漂亮的貓貓了！」

瑪歌輕輕拍著站在桌上的白色貓貓，示意這位已經打理好毛髮的客人離開，好讓她迎接下一位客人。

「喵……」

白貓一動也不動地趴在桌上，仰起小腦袋，甜蜜蜜地朝瑪歌甩了甩尾巴，嚷著要瑪歌繼續梳毛毛。

「不行喔！這位客人，還有別的貓客人在等著呢！」

「喵……」

白貓翻轉身體，露出肚皮和粉色肉墊，嬌滴滴地朝瑪歌揮爪，叫瑪歌不要理會其他貓，只跟牠玩耍就好。

一副禍國殃民小妖精的模樣。

瑪歌失笑搖頭，正打算再勸說幾句，旁邊突然竄上一隻黑貓，將白雪擠開。

「喵！」

被擠走的白雪生氣地對黑貓吼著，尾巴毛也微微炸開。

「喵喵喵！」

黑貓也吼了回去，控訴白雪占用太多時間，還死賴著不走，沒看見旁邊還一堆貓等著打理毛髮嗎？

其餘包圍住桌子和瑪歌的貓咪們也跟著「喵喵喵」地叫嚷，催促白雪趕緊離開，不要影響瑪歌爲牠們打理毛髮。

「喵……」

白雪寡不敵眾，只能悻悻地邁步走開，跳到一旁的貓爬架上窩著。

黑貓順勢趴下，嘴裡喵喵叫著，讓瑪歌快點爲牠梳毛打理，牠下午要去跟小花貓約會，要用最帥氣的模樣過去。

「好的，保證幫你打扮得帥氣迷人，迷倒你喜歡的貓。」

瑪歌先用微溼的毛巾將黑貓毛髮上的灰塵、髒汙擦乾淨，用梳子梳理一次，抹上由貓神殿特別研發、不會對動物和環境造成傷害、溫和純天然的護毛素後，再用梳子梳理一次，最後用乾淨的乾毛巾擦掉多餘的護毛素，讓毛毛清爽。

毛毛打理完成後，瑪歌爲黑貓略微修剪，做出造型，而後又拿起一枚薄絲緞製成的彩色項圈，爲黑貓戴上。

項圈上有貓神殿的印記，可以保護黑貓，不讓其他人將黑貓當成流浪貓驅趕、欺負，也能讓那些外來者有些忌憚。

聖泰希人對於貓咪自然是愛護尊敬的，但是聖泰希國是個強盛的大國，來自世界各地的商隊在此匯聚，各式各樣的商品和來自外國的訪客能讓人看花眼。

不同的國家有不同的信仰，即使貓神是創世神的愛寵，也還是有些國家不重視祂。

瑪歌曾經聽安妮說過，一些離聖泰希國很遙遠的偏遠地區，那裡有野蠻人部落，野蠻人以狩獵維生，吃貓、吃狗、吃各種動物，還吃人！

光聽安妮的描述，就讓瑪歌嚇得頭皮發麻。

《信仰樂章：萌萌心動》這款遊戲有野蠻人嗎？瑪歌苦思許久，卻始終想不起來。

她是收集型玩家，別人玩《信仰樂章：萌萌心動》這款遊戲是想看浪漫甜蜜的戀愛，而她則是在收集 CG 圖和服裝、道具。

所以她雖然玩出了所有的劇情線，卻都是按照遊戲攻略快速進行的，劇情對話一概跳過，完全不熟悉。

不過她依稀記得，好像有來自草原的王子提過，他們每次到了狩獵季和冬季就要提防野蠻人搶劫的事情，只是那對話也只有幾句，主要是概略介紹草原上的情況，沒有對野蠻人多做著墨。

反正我也不會去草原，遇不到野蠻人。瑪歌在心底安撫著自己，手上的動作不停，又繼續服務下一隻小貓。

等到她將包圍她的七隻貓咪打理乾淨，時間也已經是下午一點多了。

「好囉！瑪歌美容院營業結束，歡迎各位可愛的小客人下次再來。」

「喵嗚……」

「喵喵喵喵……」

貓咪們又纏著瑪歌玩了一會兒，直到瑪歌餵牠們吃了小魚乾後，這才心滿意足地離開。

第四章　萬神殿山腳下的市集

01

瑪歌送走貓咪們後，收起工具，將桌面和地板清理乾淨，自己也舒舒服服地洗了個澡，這才跑去廚房覓食。

現在已經過了午餐時間，不過廚房一直都會熱著高湯，備著牛奶、麵包、水果、火腿、起司等物，如果只是想要簡單地吃一頓，而不是想要吃大餐的話，絕對是可以馬上吃到餐點的。

瑪歌雖然喜歡吃美食，但也不是要餐餐吃、天天吃，忙碌的時候簡單吃個三明治、喝碗湯，這樣也是可以接受的。

然而，瑪歌來到廚房後，見到的卻是熱火朝天的做菜景象。

洗菜、切菜、炒製、烘焙……每一位廚師都在自己的崗位上認眞且專注地準備料理。

「瑪歌神官，您來啦？」庫克大廚笑容熱情地迎上前，「我聽說您中午還沒吃，已經爲您預備一份餐點了。」

「謝謝大廚。」

瑪歌隨著庫克大廚的引導，來到廚房大門附近的餐桌坐下。

庫克大廚動作俐落地從食物保溫箱中取出保溫中的番茄燉牛肉，又在小火熬煮的玉米排骨湯鍋內盛了一碗湯，再用夾子夾取兩個剛出爐的吐司。

「來，嘗嘗，燉牛肉跟排骨湯都是按照妳教我的食譜做的。」

庫克大廚笑著將餐盤端上桌，而後便退到一邊，等待瑪歌的評價。

瑪歌本身也是會煮一些家常菜色，她將自己愛吃的幾種菜色教給大廚，就是希望以後能在餐點中吃到熟悉的家鄉菜。

瑪歌先是喝了一口玉米排骨湯，湯水清甜可口，而後又插起一塊番茄燉牛肉，牛肉被燉得軟爛，滋味鹹鮮香甜，相當下飯。

「好吃！味道進步很多！」瑪歌瞇著眼睛，點頭稱讚道：「可惜沒有白米飯，不然我肯定能吃兩碗！」

「米剛好用光了，明天才會補貨。」庫克大廚面帶歉意地解釋。

「沒關係，用吐司沾醬吃也很好吃。」

瑪歌只是隨口感慨一句，並沒有指責的意思。

「大廚的廚藝越來越厲害了，吐司也比以往的好吃。」

「您喜歡就好。」庫克大廚高興地搓著手，喜孜孜地說道：「多虧您借我抄寫《廚神的筆記：廚藝教學》，我學到許多烹飪技巧和新食譜，昨天我新做了一道菜，上供給廚神，廚神收走了！」

對於廚師來說，能夠被收走上供的食物，就是獲得廚神的肯定，是值得炫耀一輩子的大喜事！

「眞的嗎？太好了！恭喜庫克大廚！」瑪歌眞心實意地道喜，又打趣道：「看來以後我們這裡會多一位黃金級大廚了。」

「哈哈，我還要再鑽研才行。」

庫克大廚也沒說自己晉升不了黃金級，能獲得廚神賞識，就表示他有晉升黃金級的水準。

「我第一次被廚神收走料理，這都要謝謝您，要不是您借我《廚神的筆記：廚藝教學》，給我看了貓神喜歡的料理食譜，還將您的家鄉菜教我，我也不會被廚神關注……」

庫克大廚激動得眼眶泛紅，隱隱有水光出現。

廚神對於食物的評選可是相當嚴格的，遠的不提，就說庫克大廚踏入這行業的三十幾年來說，廚師協會天天都有上供料理給廚神，但是被廚神看上的供品僅只有四樣。

而被挑中料理的四人，現在都已經成爲知名的黃金級廚師，身上甚至還擁有王室賜予的低等爵位，一舉從平民變成貴族之身。

「謝我做什麼？是你用心認眞地鑽研烹飪技術，這才會獲得廚神賞識，這一切都是你自己的努力。」

瑪歌並不認爲自己有多大的功勞。

「廚藝教學筆記本我也不是只有借你抄寫，可是被廚神看上的人只有大廚你，你應該感謝自己……」

在瑪歌獲得筆記本後，各個神殿的大廚都來向她借筆記，後來還是瑪歌請人印製一批分給他們，這場借書風波才停歇。

不管瑪歌怎麼說，大廚還是認爲他獲得的成就有瑪歌的功勞。

誠然，他自己確實努力了，可是要是沒有瑪歌借他的食譜、沒有瑪歌的教授，他也不能擁有新的創意，做出創新的料理。

「今天廚房怎麼這麼忙碌啊？」

瑪歌看著忙個不停的眾位廚師，好奇地發問。

「再過五天就是豐收慶典，我們要準備發放給民眾的食物和供品，很多料理今天就要預先準備起來……」庫克大廚解釋道。

豐收慶典一共會舉行三天，這三天裡，神殿除了發放食物給民眾之外，在第三天的豐收神生日這天，神殿還會舉辦一場盛大祭典。

不管是發放食物或是祭典上供的食物，分量都相當驚人，是對廚房的一大考驗。

「豐收慶典可是聖泰希人的大日子，現在外面已經有不少外國商人在擺攤，瑪歌神官要是有空，可以出去走走逛逛，買一些好東西。」庫克大廚笑著建議道。

「好，我會去逛逛的。」

神殿的神官表面上是沒有假期的，但也不是說神官們就只能待在神殿裡不能外出，相反地，神官的行程相當自由，只要是神殿不忙碌的日子，神官們都可以向執事神官請假外出。

豐收日雖然是神殿的大日子，但是主事的神殿是豐收神神殿，其他神殿都只是陪同，只有幾座主神殿的神官需要在豐收祭典上進行一場演出，爲祭典增色而已，沒有其他的安排。

貓神殿更是連表演都不用，只需要當觀眾觀禮即可。

因此，瑪歌向執事神官請假，當場就被批准了。

「妳進來神殿這麼久，一直都沒有外出過，我原本還很擔心妳。」執事神官潔西卡微笑著對瑪歌說道：「現在外面很熱鬧，各國的商人都來擺攤，攤位上有很多新奇的衣服和飾品，很適合妳們這些小女生。」

潔西卡執事神官已婚，有兩個孩子，大女兒跟瑪歌的年紀差不多，或許是基於愛屋及烏的原因，又或者是知曉瑪歌差點被賣（嫁）給又醜又壞的老貴族的悲慘過往，她看著瑪歌的目光相當慈愛，帶著年長者的溫柔。

「身上的錢夠嗎？明天就要領薪俸了，要不我先讓妳領？」潔西卡執事神官關心地問道。

「謝謝潔西卡執事，我身上的錢夠了。」瑪歌連忙搖手婉拒，「進來神殿後，神殿供應吃住，我根本就沒有花到錢。」

神官的薪資福利相當好，擔任實習神官時，一個月薪資是五十銀幣，成爲正式神官以後，一個月的薪資上漲到十金幣，而且遇到像是豐收節、過年、創世日這類大型節日時，神官還能獲得各種節慶禮物，像是食物、布疋、糖、香膏、飾品等等，要是自己用不上或是用不完，還可以拿去販賣，那也是一筆不錯的收入。

更何況，瑪歌除了神官的薪資收入之外，還有學習殿堂給予的獎勵收入，那也不少！

這個世界所使用的錢幣是金幣、銀幣和銅幣，一金幣可以兌換一百銀幣，一銀幣可以兌換一百銅幣。

如果按照一銅幣等於瑪歌原世界的一塊錢來看，瑪歌一個月的薪資就有十萬元，比她前世的收入要高很多！

即使是在這個異世界，神官也算是高薪階層。

一般農民的年收入差不多三到五金幣，商人一年能賺一百金幣就已經相當富裕了。

順利請假後，瑪歌背著貓咪圖案的斜背包出門。

02

萬神殿位於一個高度約莫兩百公尺的山坡頂端，這座山坡因爲有萬神殿存在的關係，被稱爲「萬神山」。

萬神山像蛋糕一樣被層層劃分，開闢出好幾個區域。

最頂層是萬神殿、主神殿、圖書館、祭禮會場、活動館場以及神官們的住宅區和休閒活動區域；頂層接近第二層的邊緣位置是廚師、匠人、僕人、護衛等除了神官以外的工作者居住的區域；第二層是花園、涼亭、湖泊、森林、馬場、槌球場等供王室、貴族和官員們郊遊玩樂的地方；接近山腳下的位置是市集區，神殿人員會在此進行採購生活用品，商人和住在附近的居民都會將貨物拿到這裡販賣。

爲了服務部分四肢不勤的貴族和不適合爬山的老人、孩童以及體虛者，萬神山設有飛艇、纜車以及像電扶梯一樣的「流水扶梯」供人使用。

另外還開闢出能容納兩、三輛馬車並行的大馬路，供人搭乘馬車上下山，以及神殿採購運送貨物，交通方面相當便利。

瑪歌搭乘流水扶梯下山，欣賞著沿途的美景。

迎面吹拂而來的清風涼爽舒適，陽光穿過或金黃、或橙紅、或紅豔的楓葉映照在她身上，白皙的肌膚透著淺淺的紅暈，淺藍色頭髮像是撒上一層金輝，水亮的翠綠雙瞳熠熠生輝，猶如生機勃勃的碧湖……

這美好的一切讓瑪歌的嘴角不自覺地上揚，眉眼流露著愜意的喜悅。

不一會兒，瑪歌就隨著流水扶梯來到了山腳下，還沒靠近市集就聽到熱鬧紛雜的叫賣聲和說笑聲。

市集上的攤位櫛比鱗次，攤位造型個個精緻出色、引人注目。

瑪歌踏進市集入口時，首先見到的是一片飄揚的旗海。

販賣單一品項的小型攤販會在攤位前插一支旗幟，旗幟的布料是素色的粗亞麻布，上面用彩色文字寫著「酒」、「香」、「衣」、「食」等字樣，用來標明他們販賣的東西。

而商品眾多的大型商團則是會放上幾支大型旗幟，主旗幟是眾多旗幟中規模最大的旗幟，使用染色的上等布料製作，上頭會寫上商團名號並搭配所屬國家的標誌，並用彩色絲線、蕾絲、緞帶甚至是珍珠、貝殼、寶石等物進行裝飾。

副旗幟比主旗幟小一號，同樣有著商團名號，並且標示商家主打的熱門商品，裝飾物會比主旗幟少一些。

能擺得起攤子的都是商人，平民百姓大多是背著一竹簍或是全家帶著幾籮筐自家種的蔬菜，家裡養的雞、產的雞蛋，奶奶和母親織造的麻布，孩子們上山摘採的野果、捕捉到的小型獵物，在人群中穿梭販賣。

東西多、移動不便的，就站在街頭巷尾或是一些位置較不好的拐角處販賣，賣完就收攤走人，一般只需要小半天就能將家裡的貨物賣出，不會占用太多時間。

瑪歌逛了一條街以後，發現這世界的物價很兩極化。

民生用品和常見的食材大多很便宜，都是幾銅板、幾十銅板的價格，而且還能夠以物易物。

平民百姓大多都是以物易物，十顆雞蛋可以換一塊加了牛奶和糖的麵包，婦人自己織造的一匹細亞麻布料可以換到一袋小麥、米等糧食，除非是買大宗物件，像是家具、牛羊豬等家畜、家禽或是載人載貨的獸車，這才會用上銅錢。

但要是衣服首飾、瓷器等奢侈品，那價格就昂貴了。

用衣服來舉例，沒有染色的亞麻衣，按照亞麻布的粗細品質，一件差不多十五銅幣到四十銅幣；染了單色的亞麻衣，按照染色的工藝差異，價格會上漲三到五成；加上緞帶、繡花、珍珠或貝殼的亞麻衣，價格又會往上翻兩三倍，這還只是平民服飾。

貴族的衣服料子都是細棉布、絲綢等高級布料，光是布料的價格就是十金、數十金幣起跳，上面添加的飾品、寶石、金銀絲線和彩線越多，價格就越昂貴，甚至有一件禮服高達上萬金幣的情況發生。

現任聖泰希王后的結婚禮服，據說用上了諸多名貴寶石以及家族傳承下來的神賜飾品，又請了黃金級裁縫大師製作，所有的材料都是用最好、最貴的，甚至還有「幻想系材料」！

最後，這套結婚禮服連同飾品，造價總計一千五百多萬金幣！

要知道，一些小國家一整年稅收都還不一定有五百萬金幣，這位王后眞可說是將幾個小國的國庫都背在身上了。

可想而知，這位王后的家世背景有多麼厲害，家族的財富有多麼豐厚。

當初聽到愛麗兒用憧憬的語氣說起這位王后的婚禮時，瑪歌並不覺得一百萬金幣的結婚禮服有多麼奢華，畢竟在《信仰樂章：萌萌心動》遊戲中，後期玩家需要的禮服，都是要花上幾百萬甚至是幾千萬金幣才能獲得的，簡直是不把錢當錢！

瑪歌做過最珍貴的禮服套裝，是一套附加諸多buff的「神國雲裳」。

神國雲裳禮服套裝用的都是稀有的幻想系材料，像是來自人魚國度的「人魚之淚」，擷取星辰之力做成的「星辰紗」，彩虹鳥從彩虹中抽取的「彩虹蕾絲」，與美神一同誕生的伴生物「愛情玫瑰」，來自冥界的「月光寶石」，精靈樹贈予的「精靈之翼」等等。

這些材料是各方神明的象徵物，在遊戲世界中具有極高的價值和象徵意義，被世人稱爲「只有獲得神明眷顧的幸運兒才能獲得的稀罕珍品」。

幻想系材料製作出的服裝和飾品配件，屬性會比一般服裝更優秀、buff 更加強大，在攻略條件好、要求高的角色和職業時，是不可或缺的存在。

也因爲這樣，神國雲裳禮服套裝的材料無法花錢購買，而是要瑪歌到處跑、觸發「奇緣」任務，這才能收集到幻想系材料製作神國雲裳。

瑪歌收集這神國雲裳禮服套裝，一是因爲這禮服套裝不僅稀有，而且它的造形設計眞的非常、非常、非常漂亮，完全戳中她的喜好。

二是因爲這套裝可以觸發「神明的神眷者」這個任務，要是通過這個任務考核，她的角色就可以進入神國成爲某位神明旗下的神侍，算是遊戲的事業線中最巔峰的職業。

最後達成任務、穿著神國雲裳禮服套裝被接往神國時，形成的 CG 圖也超級美，不少玩家都拿它當桌面圖。

不過遊戲中可以不拿金幣當一回事，但是現在都穿越過來了，用現實中的物價和瑪歌的收入一比較，她就眞正感受到王后結婚禮服的奢華了。

後知後覺被王后的富豪震驚到的瑪歌，心底默默流淌著貧窮的淚水。

只可惜，她在前世收集的那些禮服無法陪同她一同穿越，不然她肯定變成這個世界最富有、華服最多的女人！

03

玩過攻略遊戲的人都知道，主角只要在假日外出，不管是逛街購物或是休閒旅遊，通常都能夠遇見攻略角色或是觸發特殊機遇。

在《信仰樂章：萌萌心動》中，休息時間跑來市集逛街，可以遇見攻略角色，也能遇見「特殊商人」和「神祕商人」。

特殊商人指得是販賣稀罕華服、精美飾品的商人，而神祕商人賣的商品有神賜之物、特殊道具以及能夠觸發奇遇的物品。

神賜之物很珍貴，除了神官可以獲得之外，王族、貴族以及受到神明關注的幸運兒也有機會獲得。

一般而言，神賜之物都是當作傳家寶收藏的，但是也有一些家族敗落的敗家子，會將神賜之物賣掉，換取金錢享樂，所以市面上自然就有神賜之物流通。

除此之外，也有盜賊潛入王宮或貴族家裡盜取，還有盜墓賊從貴人的墳墓中挖掘出來販賣的。

幸好那些贓物都有自己的販賣管道，不會放到市集上流通，不然瑪歌真擔心自己買到的東西是人家的陪葬品！

瑪歌不清楚遊戲中的設定機制會不會帶到現實中來，於是她在逛市集時，也一心多用地留意周圍的行人，希望能遇見特殊商人或是神祕商人。

只可惜，不曉得是她的緣分未到，或是要像《信仰樂章：萌萌心動》的遊戲設定那樣，想要遇見特殊商人需要身上的金錢達到某個數額，想要遇見神祕商人就要身上佩戴某些特殊飾品？

總之，她沒遇見上述兩種商人。

不過這一趟也不算白出門，她見識到這個世界的市集，還見到了遊戲中的人氣男主角「聖泰希大王子」！

聖泰希大王子名叫「亞歷克斯」，他的造型和設定圖是華麗而優雅的風格，非常符合瑪歌的審美。

亞歷克斯的外貌是象徵聖泰希王室的金髮藍眼，劍眉星目、鼻梁高挺，衣著華貴，身上佩戴著許多珠寶和金飾。

瑪歌原本以爲，這樣的造型只有在二次元好看，到了現實中肯定會變成人形珠寶展示台。

結果當她親眼見到亞歷克斯大王子時，瑪歌發現，長得帥的人，別說是佩戴滿身珠寶了，就算披著麻布袋都好看！

不過瑪歌也只是純欣賞，沒有動心，就如同她喜歡收集遊戲的CG圖和帥哥美女圖一樣，純粹就是喜歡看美人。

更何況，亞歷克斯大王子雖然容貌出眾，萬神殿內的俊男美女也不少，而且他們各有特色，氣質學者型，溫柔暖男型，英姿煥發、健壯武勇……

每一位都不遜色於亞歷克斯大王子。

亞歷克斯大王子身邊還陪伴著兩位美女，一位是美神殿的女神官，一位是她的熟人愛麗兒。

大王子與兩位美女出遊的場景是《信仰樂章：萌萌心動》遊戲中，主角第一次到市集遊玩時必定會觸發的圖片。

主角在看見這自信耀眼的三個人時，心底會出現羨慕和憧憬的情緒，並期盼自己未來也能夠成爲像他們這麼優秀又出色的人。

這是主角在成長路上的動力，也給玩家定下養成的基調——將自家角色培養成閃閃發亮的出色人物！

在《信仰樂章：萌萌心動》遊戲中，每座神殿都有一位跟玩家競爭的女配角，跟玩家是亦敵亦友的關係。

要是玩家的攻略沒成功，在結局展現愛情線和事業線的成果時，心儀的對象就會跟其中一位女配角結婚，或是由女配角搶走聖祭司或祭司一職。

《信仰樂章：萌萌心動》遊戲的人物設定做得很精緻，每一位角色都有專屬的背景、造型設定和 CG 圖。

女配角們有的是貴族和大臣之女，也有鄰國公主、商人之女、舞姬、平民之女等等，不同的身分背景讓這些女配角有不同的性格和處事作風，而不是性格僵硬的背景版，這也是《信仰樂章：萌萌心動》在眾多戀愛攻略遊戲中脫穎而出的原因之一。

老玩家們厭煩那些「爲了壞而壞的愚蠢砲灰反派」和千篇一律的劇情線，他們認爲像《信仰樂章：萌萌心動》這種「每個配角都性格鮮活，行爲處事都有邏輯性」，劇情線高達數百種的設計，才是眞正精心製作的好作品。

瑪歌看了看天色，時間已經接近傍晚，該返回神殿了。

回程途中，她經過了一處香料攤，被其中幾樣香料吸引，停下腳步。

「歡迎、歡迎！請問尊貴的客人需要些什麼？」

香料商人笑盈盈地上前接待瑪歌。

香料商人來自鄰國，每年都會跑來聖泰希販賣香料，富裕的聖泰希人很喜歡香料製作的產物，像是香膏、薰香、香水、香精、香燭等等，出手又大方豪爽，讓香料商人每次都能大賺一筆。

要不是他在自己的國家有大片的香料園需要時刻盯著，他還眞想定居在聖泰希不走了。

精明的香料商人一眼就認出瑪歌身上的神官袍子，也從袍子的裝飾圖案中知曉她是貓神殿的神官。

即使香料商人不是貓神的信徒，但是能夠跟神官搭上關係，那可是求之不得的好事！

「這些都是我精挑細選的佳品，這款香水是草木清香，相當適合尊貴的客人……」

香料商人遞上一瓶用水晶瓶子包裝的香水，香水瓶子不大，很像瑪歌前世購買的小香瓶規格。

「我不買香水，我想要買香料。」瑪歌抬手拒絕了香水瓶，「你們這裡有八角、小茴香、肉桂、甘草……」

她熟練地報出她家裡家傳的滷包配料。

《信仰樂章：萌萌心動》遊戲的各式材料，一部分是取自現實材料、一部分是遊戲公司自己編造的。

所以瑪歌可以輕易地在這個世界找到自己想要的滷包配料。

瑪歌的奶奶相當擅長做滷味，各式各樣的滷味、滷肉、滷菜她都相當精通，還會自己研究配料，讓味道更香更美味。

瑪歌也學到奶奶的滷味眞傳，在她開始上班工作，搬到外面租屋獨居以後，因爲吃外食吃膩了，又懶得煮飯，她便定期滷一鍋滷味，將它分裝成小包裝冷凍起來，想吃的時候就拿出來吃，算是她相當喜歡的懶人料理之一。

兩大包的香料花了瑪歌三百三十金幣——不管是古代或是這個異世界，香料始終都是屬於貴人喜愛的奢侈品。

瑪歌來到這個世界後也沒有花過什麼錢，神官的薪水加上在學習殿堂裡獲得的獎勵，足足有三千多金幣，足夠她購買這些香料。

瑪歌臨離去時，香料商人還贈送她一盒市價五十金幣的香皂作爲贈品。

這贈品可不是每個人都有的，是香料商人覺得瑪歌値得投資，這才心疼地贈與

高價贈品作爲禮物！

04

返回神殿後，瑪歌先返回房間洗去身上的灰塵，換上一套乾淨又舒適的常服後，跑去廚房向大廚借爐灶和料理台。

廚房已經烹煮好晚餐，廚房人員現在正在用餐，不需要用到爐灶，庫克大廚便爽快地答應了。

廚房的爐灶並不是古代燒柴的那種，而是偏向現代的電磁爐，用能量石充當熱能驅動，沒有明火。

瑪歌穿上淺藍色帶著粉貓爪的圍裙，在食材櫃中挑選喜歡的食材，而後便是一陣洗洗切切，庫克大廚親自跑來爲她打下手，讓她的速度加快不少。

在灶台放上一個大鍋，倒入清水，放入各式配料和食材，大火燒開以後，再用小火悶煮，慢慢地滷出味道。

不到兩小時的時間，濃郁鹹鮮的香氣就從蓋著鍋蓋的大鍋裡傳出，引人口水直流。

「這、這應該好了吧？可以吃了嗎？」

庫克大廚不斷吞嚥著口水，又伸手按了按肚子。

明明他才吃過晚飯，怎麼這麼快就餓了呢？

不只是庫克大廚，其他仍然待在廚房裡的廚師們也一樣。

瑪歌才剛要回答，門口和窗戶邊傳來了一陣喵喵聲，兩人順著聲音看去，發現貓貓們也被滷味的香氣勾來，正端坐在廚房門口和窗戶上等著吃飯呢！

「……」瑪歌無奈了。

這些滷味確實滷好就能吃了，但是如果能夠在滷好後，放涼半天或是一晚上，隔天再滷一次，味道會更入味、更好吃！

她之所以挑這個時間點過來，就是想要讓滷味放涼一晚，只是現在……

「我再調個醬汁就能吃了。」

味道滷得不夠，就只能用醬汁來湊。

貓貓們不能吃太鹹的食物，本來是不能讓牠們吃滷味的，但是也不曉得是遊戲世界的關係，或是貓貓們獲得了貓神的庇護，這裡的貓貓只是不能吃重油重鹹重辣，其他都不忌口。

看著垂涎三尺的廚師和不斷吵著要吃東西的貓咪們，瑪歌只能妥協。

瑪歌將滷味分給廚師們和貓咪們，又重新滷了一鍋，並叮囑眾人和貓貓，第二鍋滷味不能吃，要到明天供奉貓神以後才能吃。

是的，爲了不讓貓貓們偷吃，瑪歌將貓神抬了出來，用祂震懾這些貪吃的貓貓。

沒辦法，廚師們還能自我約束，不會隨便偷吃，貓貓們可不管妳這套，牠們想吃就是要吃，沒有誰能抵擋牠們邁向美食的道路！

瑪歌看貓咪們埋頭苦吃，完全沒將她的話聽進去的模樣，又再度強調一次。

「要是被貓神知道你們偷吃祂的供品，會被貓神打屁屁喔！」

「……咪嗚咪嗚！」

貓咪們不耐煩地抗議：我們是乖貓貓，才不會偷吃貓神的食物！

瑪歌沒有理會貓貓們的抗議，知道牠們有將話聽進去，她也就安心了。

隔天，瑪歌一早就跑到廚房，一邊在廚房吃早餐、一邊利用吃早餐的時間將滷味熱了一遍。

放在冰櫃裡冷藏一夜的滷味，在第二次滷製的時候味道更加香濃，聞到氣味的貓貓們很快聚集過來，看著鍋子垂涎欲滴。

「不可以喔！這是要供奉貓神的。」瑪歌朝貓咪們搖搖手。

「咪嗚……」

貓咪們乖巧地表示：我們可以等供奉完貓神再吃！

在等待滷味煮滾的時間，瑪歌又調了鹹鮮味辛的黑胡椒醬汁和鮮香麻辣的辣味醬汁。

她是小孩子口味，喜愛甜口食物，不吃辣，她製作的滷味加了冰糖提鮮增味，雖然滷味的甜度不高，但還是能吃得出來是鹹甜口味。

考慮到貓神或許喜歡其他口味，所以她又調了兩款沾醬，讓貓神換換味道。

調好醬汁後，瑪歌拿出一個淺色的大深盤，將煮得噴香入味、色澤誘人的滷味撈出，擺放成一個滷味大拼盤，還請庫克大廚雕了幾朵可食用雕花擺在中間當裝飾。

盛裝好的滷味大拼盤分量不輕，需要兩位廚師才能搬動。

瑪歌領著庫克大廚和幾位廚師來到貓神祭壇前，將滷味大拼盤放在中央位置，又將她這兩天做的羽毛逗貓棒、鈴鐺毛線球取出，放在滷味拼盤旁邊。

羽毛、鈴鐺和毛線都是在市集上買的，逗貓棒和毛線球做起來簡單，瑪歌兩天就做了七、八樣，各種顏色、尺寸和款式都有，應該能讓貓神滿意。

果不其然，當瑪歌將一切備妥，領著廚師們在貓神像面前念完一篇呈獻供品的詩篇，貓神像隨即大放光明。

一道巨大的光柱沖天而降，將桌上的滷味和玩具全部收走了。

在金光即將消散時，突然有一個金色的巨大貓掌飄出，朝著瑪歌蓋了一臉。

瑪歌只覺得臉上像是碰觸到柔軟的雲朵，還沒仔細感受光芒貓掌就逐漸縮小，最後貼在她額頭處消失了。

【叮！妳獻上的供品和玩具深得貓神的喜愛，獲得一萬點勤勞值！】

【叮！獲得貓神的「貓掌印記」。獲得貓掌印記的妳，已經是被貓神蓋過章，獲得貓神認可的小神官囉！恭喜恭喜！獎勵勤勞值增加一萬點。】

「瑪、瑪歌神官！您的額頭……」

庫克大廚驚喜地看著瑪歌的臉，其他廚師也對她指指點點的，神情滿是羨慕。

「額頭？」

瑪歌納悶地拿出一面小鏡子，查看自己的額頭。

鏡中，她的額頭中心處出現一枚小小的、勾勒著金邊的粉櫻色貓掌印，就像是古代的花鈿妝那樣，漂亮、精緻又可愛。

貓神的貓肉墊是粉色的嗎？看起來眞可愛！

可惜剛才接觸的時間太短，沒能好好摸摸貓神的爪爪。

遠在雲端神國上的貓神，冷不防地打了個噴嚏。

祂感應到小神官的想法，抬起前爪舔了舔。

這個小神官眞是大膽，竟敢覬覦祂的爪爪？

哼！就知道本神的魅力無人（神）能擋！

貓神漫不經心地甩著尾巴，意念一動，一根滷雞腿飄到空中，自動投入貓神張開的嘴巴裡。

貓神連肉帶骨嚼巴嚼巴，吞嚥了下去。

看在滷味好吃的份上，本神就饒了小神官一次！

不過這滷味的分量也太少了，還不夠本神一口吞。

爲了能夠多吃一會兒，巨大的雪白貓貓縮小身形，變成只有兩個手掌大的小貓咪體型。

下次要叫小神官多準備一點食物，就這麼一點東西，還不夠給本神塞牙縫！

貓神甩著長長的尾巴，將這件事情記在小本本上，準備等到下次再跟小神官說。

滷味的滋味實在是太好，即使是一口一口慢慢吃，貓神依舊很快吃完了一整盤。

看著空空如也的盤子，貓神舔了舔嘴脣，瞬間改變心意。

等什麼等？直接託夢叫小神官再煮一大鍋滷味，在豐收慶典時獻給祂！

說做就做！貓神站起身，伏低前身、翹起屁股伸了個大大的懶腰，而後往腳底下的雲層扒了幾下，弄出一個通往夢境的黑洞，縱身跳了進去。

或許是日有所思、夜有所夢的關係，夢中的瑪歌也在吃滷味。

背景是她在現代的家中客廳，她坐在舒適的沙發上，玻璃桌上放著一大盤的滷味，旁邊擺著一杯奶茶，正前方是電視，正在播放著旅遊美食類型的眞人實境綜藝節目。

「喵？我也要吃。」

貓神不客氣地跳到桌上，直接霸占了滷味拼盤。

瑪歌也不生氣，也不認爲家裡突然出現一隻白貓有什麼奇怪。

她雙眼放光地看著貓神，只覺得這隻藍眼白貓長相相當符合她的心意，完全就是她的夢中情貓！

「貓貓乖，我抱一下。」

瑪歌一把抱起了貓神，在貓神因爲她的動作錯愕發愣之際，摸了摸貓神的腦袋，又親了親祂的額頭。

「你好漂亮、好可愛，怎麼會有這麼好看的貓……」

說也奇怪，貓神殿也有好幾隻藍眼白貓，可是瑪歌對那些貓跟其他貓的態度都是一樣的，也不覺得那些藍眼白貓讓她特別喜歡，但是這隻在她懷裡的貓咪就不同了，她一見到祂就喜歡上祂，想帶回家養一輩子的那種喜歡。

在貓神還在發愣時，瑪歌順著貓咪的頭頂往下梳毛，還撓了撓祂的下巴，熟練的梳毛手法讓貓神舒服得瞇起眼睛，喉嚨發出呼嚕呼嚕聲，長長的尾巴順勢纏在瑪歌的手腕上。

「小寶貝，留在我家好不好？我養你一輩子。」

瑪歌看著乖巧的小貓，忍不住又往祂的腦袋上親了一口。

「咪、喵！」

終於回過神來的貓神激動得炸毛。

不知羞恥的小神官，竟、竟然敢非禮祂！

貓神想要給瑪歌一爪子警告，卻沒料到被自己的尾巴扯後腿，想撓瑪歌手的爪正好被纏在她手腕上的尾巴攔住。

「喵！」

貓神氣憤地盯著尾巴看。

可惡的尾巴叛徒，竟敢幫助小神官！

貓神又抬起爪子，想要「教訓」一下不聽話的尾巴。

瑪歌不清楚貓神心中的激烈情緒，只以爲貓咪是想要抬手跟她擊掌，開開心心地握住貓咪的小爪子，又在粉色肉掌上親了一口。

「咪嗚！」

貓神瞬間炸毛，逃跑似地飛出夢境，完全忘了最初跑來找瑪歌的目的。

清晨，瑪歌神清氣爽地醒來，臉上還殘存著笑意。

她昨晚做了一個好夢，夢見自己吃了奶奶製作的美味滷味，還遇見一隻很漂亮、讓她很心動、很想養的白貓。

小小的白貓像一團雪糰子，神情靈活生動，白白淨淨、可可愛愛，完全就是夢中情貓的典範！

可惜了，貓咪只存在夢中，現實中沒有。

希望下次作夢還能夢見小白貓。

第五章　豐收慶典

01

或許是跟貓神心有靈犀？

聽聞各座神殿要在豐收日當天準備幾樣供品一同獻給神明時，瑪歌和庫克大廚準備了滿滿的兩大鍋滷味外加一大鍋滷肉。

雖然滷味的顏色很單一，就算加上各種蔬果擺盤裝飾也比不上其他神殿供品的色澤繽紛，但是單論食物香氣，貓神殿的滷味和滷肉肯定吊打所有神殿！

豐收祭典是在白天舉行，早上在豐收神殿進行祝禱儀式，並由國王向豐收神稟報今年的收成情況，之後一行人轉移到舉辦各種祭禮的戶外廣場，進行慶典活動。

慶典沒有早上的祝禱儀式莊嚴，全都是各神殿和王室、貴族們的獻禮表演，與會來賓可以一邊欣賞演出一邊吃吃喝喝，持續到晚上才終止。

豐收季的會場用了各種鮮花、名貴的絲綢布料、美麗的寶石、珍珠、瑪瑙、珊瑚等奇珍異寶進行裝飾。

中央的大祭台上擺放著一個個臉盆大的金紋彩繪瓷白深盤，盤裡頭裝著各式各樣的農作物，這些農作物都是從今年收成中精挑細選、品質極佳的農作物。

兩側的祭台則是放著各殿廚房精心準備的食物，鮮花、蠟燭、香料、美酒、布料、王室貴族們帶來的珍貴祭品、匠人精湛的工藝品等祭祀之物。

早上的豐收神殿祭祀是由豐收神殿主持，其餘神殿不用參與，但是其他神殿的神官們也不是就此閒著，他們需要事先到會場進行布置。

各座神殿都有一個屬於自己的祭祀區，祭祀區由自家神殿的神官進行布置。

瑪歌和貓神殿的神官們在前兩天就跑來規劃設計了。

在瑪歌看來，布置祭祀區的工作類似於展場布置，重點就是要表現出自家神殿的特色，以及讓自家神殿各種繽紛閃耀，不會被其他神殿比下來。

這次貓神殿的祭祀區採用了瑪歌的建議，去掉鮮花擺設，改以綢緞假花、綠色盆栽和氣球進行裝飾，鮮綠的藤蔓順著支柱爬上透明的遮陽頂部，爲眾人遮去了部分豔陽。

座位區用地毯、綢緞、絲帶、羽毛、布料和各種貓咪造型的布偶、抱枕等裝飾品布置，馬卡龍色系的配色看起來粉嫩可愛，在一干用色豔麗、閃花人眼的祭祀區中脫穎而出。

整個祭祀區中最為閃亮的是太陽神殿的區域，他們用上了大量的黃金、彩色珠寶和金色物品進行裝飾，椅子是鍍金的，牆面和裝飾品是鎏金的，燭台、水壺、餐盤、杯碗等物是黃金製成，上頭還鑲嵌著各色寶石……

太陽神殿的神官們也是從頭到腳都以金飾妝點，頭上戴著黃金頭冠和髮飾、脖頸是黃金項鍊，裸露在外的手臂有著黃金臂環和手鐲、手鏈，往下是金腰帶、金色流蘇、金色腳環……

再加上太陽神遴選的神官們不是金髮就是淺色系髮色，在陽光的照耀下就顯得更加耀眼了。

一干區域中，太陽神殿的神官及其祭祀區就像一顆小太陽，金光閃閃，耀眼非凡，閃瞎人眼！

不少來賓都是驚嘆地看了一眼，而後匆匆扭過頭，看向色調舒適的貓神殿祭祀區以及整區都是綠色的植物神祭祀區，舒緩剛才被太陽神殿閃到的眼睛。

貓神殿的一干神官、祭司們，舒服地坐著柔軟的座墊，手裡抱著、背部靠著可愛的抱枕，輕鬆愜意地享受豐收日祭典。

「哎呀！太陽神殿那邊還是一如往常的耀眼無比啊！嘖嘖！也不知道他們今年又用了多少黃金？」

安妮坐在瑪歌左手邊，抱著貓咪玩偶笑嘻嘻地評價道。

太陽神殿或許是因爲太陽神的關係，又或者是聖泰希王族的象徵，它的布置是全場最奢華的，花費也是最多的。

與太陽神殿相對的是冥神殿，象徵死亡世界的冥神殿，整體的色調以黑、白、銀色爲主，金色飾品只是略略點綴幾樣。

加上他們的神官服是黑色，神官的髮色也以接近黑色的深色髮色爲主，甚至還有神官爲了讓自己更貼近冥神，故意將膚色晒成偏深的古銅色、小麥色、巧克力色肌膚，整體看來就是一片暗色調。

跟太陽神殿明顯形成光明與黑暗的對比。

「看來看去，還是我們的祭祀區舒服。」

安妮環顧一圈後，自豪地抬高下巴說道。

「去年我們也是用了很多金、銀、珍珠、寶石裝飾，看起來很華麗、很漂亮，可是坐在上面又冷又硬還會刺人，超級不舒服！」

一想起去年的情況，安妮不免撇了撇嘴，很後悔當初爲了跟太陽神殿一較高下，刻意學他們用了大量的黃金和珠寶。

「而且那天天氣還很冷！還飄著細雨！」

坐在瑪歌右邊，比瑪歌早一屆進入貓神殿的神官「凱莉」插話附和。

「所有人都凍得瑟瑟發抖，豐收日結束後很多人都感冒了，還是今天這樣最舒服了……」

「是啊！」

安妮靠在柔軟的靠墊上，愜意地瞇起雙眼，隨口附和道。

「有風，不悶熱，有舒適、柔軟的墊子，還有美食可以吃，不像太陽神殿，只能坐在硬邦邦、冷冰冰的座位上，他們肯定很忌妒我們……」

「咳！要開場了。」

瑪歌乾咳一聲，提醒安妮說話聲音小一點，沒看見太陽神殿的神官已經瞪過來了嗎？

開場先由負責籌辦的豐收神殿獻上表演，他們穿著金、白相間的服飾，佩戴著穀物造型的五穀頭冠、小型水果和蔬菜拼成的項鍊和手環，裙子外側套了一圈很像是草裙舞的草裙，腳踝處套著花環。

他們隨著樂隊的伴奏跳著慶祝豐收的舞蹈，一群人先是站成方陣，而後一邊轉圈跳舞、一邊變化隊形，變成兩個同心圓……

遼闊動聽的嗓音吟唱著《風之歌》，歌詞的大意是這樣的：

「自由的風吹過遼闊的大草原，草原上有著獸群在奔騰、狩獵和繁衍；大風來到蔚藍的海洋上，掀起浪濤，魚群跳出水面嬉戲，鯨魚噴出水柱，跟風一起引吭高歌……

風又化爲清風吹過金黃的農田，農夫們開心地收割著農作物，孩子們在田野間嬉戲，撿拾著掉落在田裡的零碎作物，風搖了搖果樹，落下幾顆熟透的甜美果實，給勤勞的孩子們當作禮物……」

傳說中，豐收神會派遣風替祂巡視各處，查看各地豐收的景象。風的代表色是白色，這也是跳舞的豐收神官們穿上白金相間服飾的原因，他們舞蹈中扮演的對象正是風神。

各座神殿的表演也都跟豐收有關，不過因爲神殿侍奉的神明的不同，表演內容也有區別。

太陽神、海神這類跟豐收神關係並不親近的，就是客客氣氣地恭賀一番，而跟豐收神關係親近的商業神、農神、酒神、廚神、貓神等神明，表演內容和演唱的歌詞就很熱情了。

貓神殿的神官們表演《貓神、豐收神和慶典》，這是一齣講述貓神跟豐收神一起慶祝豐收，並且兩神一起迫害廚神，讓祂用豐收的食材烹煮美食，可憐的廚神掙扎又掙扎，最後還是敗在兩神的威脅利誘下的歌舞劇。

劇中笑料百出，音樂活潑歡快，讓人看了就舒心。

02

最後登場的是美神殿，身高腿長、樣貌出眾的俊男美女一上場，隨即吸引了眾人的目光。

美神殿的神官不僅長得好看，還有獨屬於自己的特殊風格，一群帥哥美女站在一起都有自己的亮點，完全不會讓其他人豔壓，反而有百花齊放的感覺。

之前瑪歌在市集上見到的美神殿女神官，是整場表演的主舞，被其他人包圍在舞蹈陣型中心。

她的名字叫做「卡瑞莎」，還有著「紅玫瑰」的外號。

她的五官深邃分明，有一雙明媚的紅棕色大眼睛，又翹又長的睫毛，一頭偏紅的紅棕色波浪長髮。

火紅色舞衣包裹著她姣好、性感的身材，舞衣的上半截是抹胸樣式，項鍊的黃金流蘇鋪在豐滿的胸口上，下半身是一件低腰的綢緞紅舞裙，層層疊疊的銀灰色紗布點綴著金絲繡成的花紋，纖細又結實的腰部和大長腿被展現出來，水紅色薄紗如同披肩一樣掛在她的雙臂，隨著她的舉手投足而飄動。

無論誰看到她，都要稱讚一句：好一位火熱的野性美人！

說到歌舞表演哪座神殿最爲出色，美神殿絕對可以名列第一。

美神原本就精通歌舞，傳說眾神在舉辦宴席時，都會邀請美神表演一曲，但是美神並不是誰的宴席都同意演出的，還要看祂的心情。

美神之所以可以這麼「囂張」行事，不怕那些被祂拒絕的神明，是因爲祂也是創世神的造物，是創世神覺得枯燥無趣時，創造出來爲世界增添娛樂和精神糧食的神明。

有創世神這樣的大靠山在，美神自然不怕受到欺壓。

美神殿神官的舞技精湛，首先以類似草裙舞的舞步開場，搖曳的身形搭配輕巧的舞步變化舞蹈陣型，方陣變成三角形後，主舞的卡瑞沙和她的男舞伴站在最前方，扭動著腰肢，跳出活力四熱、熱情奔放，類似於拉丁舞的舞蹈。

兩人搭配的節奏輕快的旋律舞動、旋轉的時候，身上發出一圈又一圈的金色光暈，還有宛如火焰的虛影泛出，舞臺效果極佳！

「哇喔！」

瑪歌第一次見到這樣的場景，不由得瞪大了雙眼。

「很漂亮吧！」安妮笑著說道：「美神殿在慶典上都會使用各種『道具』輔助演出，舞臺效果非常驚人，我第一次看的時候還以爲是神蹟呢！」

「道具是什麼？」瑪歌好奇地詢問。

「噢！我忘記妳還沒學習到『道具』。」安妮笑著解釋，「道具是神明傳授的神技，將特殊影像和能量封印到水晶卡牌之中，需要時就捏碎卡牌使用。」

「道具卡牌大致有幾種類型：『治療道具』、『輔佐道具』、『技能道具』、『封印道具』和『氛圍類道具』。氛圍類道具就是美神殿現在使用的這種，可以創造出虛構的光芒、彩虹、火焰、煙花，甚至是神獸影像……」

聽完解釋，瑪歌也了解這個【道具】是怎麼回事了。

【道具】這個東西在《信仰樂章：萌萌心動》遊戲中同樣也存在，如同安妮所說，它是卡牌模樣，並且是一次性產物。

在遊戲中，道具是用來輔佐玩家通關的物品，像是跟某位神官競技，但是角色屬性以及搭配好的服裝卻都差一點才能通關，這時候就可以使用【道具】來增加特種氛圍特效，像是【道具：花瓣紛飛】、【道具：流星雨】、【道具：光環】、【道具：跳舞的火焰】等等，來提高角色的屬性值。

瑪歌就經常使用氛圍類型的【道具】增加屬性，讓角色達到「完美級」成就，獲得更珍貴、更稀罕的獎勵。

在遊戲中，道具可以經由卡池抽取、從任務中獲取碎片拼湊，也可以從商城中購買，只是來到這個世界後，她就沒見過【道具】的存在，學習殿堂的獎勵中沒有【道具】，神池那裡也沒抽到過【道具】，自然也就以爲這裡沒有【道具】。

直到美神殿在表演上使用了氛圍道具，這才讓她驚覺，原來這個世界是有【道具】的啊！

「我們可以學習道具製作嗎？」瑪歌心動地詢問。

「會，明年開春，差不多二、三月時就會開課。」安妮笑著點頭。

「還要等到明年啊……」

瑪歌有些無奈，她現在正對【道具】感到好奇，恨不得立刻學習呢！

【叮！察覺到神官的想法，是否花費五萬勤勞值，進行學習殿堂升級？】

『升級以後我就能在學習殿堂裡面學到道具製作嗎？』瑪歌在心中反問。

【是的，升級以後，學習殿堂會開放各種學習課程，除了道具製作之外，還有製藥、鍊金、縫紉、烹飪、工藝、機關等技能課程。】

那還等什麼？

『開通！立刻開通！』

【叮！立刻開通……出現錯誤，神官的勤勞值不足，請神官努力賺取勤勞值。】

「……」

瑪歌無奈地看了勤勞值餘額，發現她現在也才累積了一萬三千多點，離五萬點還很遙遠呢！

看來要努力賺點數了。瑪歌默默地定下規劃。

就在這時，豐收慶典現場又出現動靜。

在美神殿的神官獻舞完成後，豐收慶典的上半部也宣告結束。

下半場是王室和貴族們安排的歌舞演出，前半場是神殿的敬神演出，是給神明們觀看的表演，王室和貴族們的演出是「與民同樂」，是給人看的表演。

上半場結束後，聖祭司和豐收神殿的主祭會進行完結儀式，讓神明知曉，豐收慶典的敬神演出已經完結，後續的演出都是民間藝人的娛樂表演，將神殿表演跟民間表演切割開來。

完結儀式也是在告知眾神，豐收儀式已經完成，不想繼續觀看神明可以隨便賜福一、兩件物品而後離去，想繼續觀看的神明也不需要像上半場那麼正式，可以用更加輕鬆的姿態，一邊吃吃喝喝、一邊欣賞演出。

於是在完結儀式後，祭台上出現多道光束，這些都是諸神賜下的祝福。

各色彩光落在神殿和王室、貴族們供奉的祭品上，這些祭品受到神明祝福，也成了接近神賜的物品。

世人相信，吃下神明祝福的食物將會健康長壽、百病不生；使用神明祝福的布料做成衣服，將這些衣服和飾品穿帶在身上可以讓人容光煥發、更具魅力；將神明祝福的農作物再次年繼續耕種，會贏來更好的大豐收……

這些物品將會在散場後由王室和貴族們瓜分，帶回自己家裡使用。

按照以往的慣例，到了賜福這一步，就代表上半場已經完結，後續就是中場休息時間，眾人可以起身活動鬆鬆筋骨、上上廁所，而各殿廚房人員會將供奉神明的烤牛、烤羊、烤乳豬、烤雞等菜餚端回廚房，加工、加熱製作成各式精美菜餚，重新端上桌，下半場的表演就會開始。

結果緊接在賜福之後，竟然又降下一道金色光束，將貓神殿上供滷味和滷肉給拿走了！

「欸？神蹟出現了！」

「是哪間神殿的食物被收走了？」

「是貓神殿的，就是那道味道很香的菜餚……」

眾人驚愕地看著空出一大塊地方的祭台，心底說不出是羨慕還是遺憾。

王室和貴族都算是「見多識廣」的人，獲得的神賜和見過的神蹟遠比平民百姓多，所以看見神蹟出現，他們也只是面露驚喜，卻沒有過於激動，心底更多的情感是對於滷味的好奇。

他們都聞到滷味和滷肉的香氣了，對於這道新出現的美食很是好奇，才想等一下好好品嘗一番，怎麼就沒有了？

能被神明看中，那肯定是很好吃吧？

不知道廚房那邊還有沒有準備？

一些人的目光掃向貓神殿，由衷地希望等一下廚房上菜時，能夠有滷味和滷肉。

「廚坊裡頭還有滷味嗎？」安妮悄聲詢問瑪歌。

「有，庫克大廚準備了不少，除了滷味、滷肉之外還有滷菜、滷雞蛋……」

她已經把這道料理教給庫克大廚以後，庫克大廚沒日沒夜地學習和鑽研口味，短短幾天過去，竟然開發出一款他自己調味的新口味滷味。

瑪歌被邀請試吃過，覺得庫克大廚的滷味味道相當不錯，不輸給現代那些滷味名店。

在豐收慶典這一天，庫克大廚除了跟瑪歌一起準備上供的供品之外，他私底下還滷了不少，準備在中場休息用餐時，端給王室、貴族以及大臣、官員們享用。

庫克大廚沒有跳槽到王室的想法，他只是想要抬抬自己的身價，希望能夠快點獲得王室認可，提升廚師等級，並進一步獲得貴族身分。

【叮！妳獻上的滷味獲得貓神和眾位神明的喜愛，獲得一萬點勤勞值。】

【叮！廚神贈與妳一口可以自動調節火力，可以自行放大縮小、改變容量的「神鍋」，並獎勵五千點勤勞值。】

【叮！貓神很喜歡小神官的供品，獎勵一萬點勤勞值。】

【叮！太陽神獎勵五千點勤勞值，並給予「在太陽底下永遠晒不黑」的賜福。】

【叮！海神獎勵五千點勤勞值，並給予「如魚得水」的高超泳技賜福。】

【叮！豐收神獎勵五千點勤勞值，並贈予「貓神喜愛的貓草種子」和被廣泛用來醫治各種疾病的藥草種子「生生草」。】

【叮！美神獎勵兩千點勤勞值，並贈予「花卉造型手環」。】

【叮！冥神獎勵五千點勤勞值，並賜予「好夢花盆栽」，聞著好夢花，就可以一夜好夢，睡醒後神清氣爽。】

【叮！智慧神獎勵兩千點勤勞值，並贈予「智慧加持」，提高智力。】

【叮！戰神獎勵兩千點勤勞值，並贈予「力量加持」，提高力量。】

【叮！工藝神獎勵兩千點勤勞值，並贈予「手藝加持」，提高工藝製作能力。】

【叮！婚姻神獎勵兩千點勤勞值，並贈予「人緣桃花」，提高人緣和魅力。】

一陣「叮叮叮」的響聲過後，瑪歌獲得了大量的勤勞點和神明賜予的獎勵，雖然都只是一些小東西，卻讓瑪歌相當滿意。

實物獎勵直接落在瑪歌面前，其他人也看見瑪歌身前出現一包種子、一個花卉手環和一個花朵外型像是白色蝴蝶蘭的盆栽。

「手環眞漂亮。」

「這花的香氣眞好聞……」

安妮和其他貓神殿的神官好奇地看著禮物，瑪歌跟他們介紹了物品來歷和用途。

知曉用途後，所有人的眼睛都發亮了。

花卉手環是給瑪歌的，他們不會覬覦，不過貓草種子、生生草種子和好夢花都是可以種植、繁衍下一代的，他們可以跟瑪歌購買。

雖然凡間也有貓草，但是神明贈與的貓草種子肯定比凡間品種還要優秀，至於好夢花盆栽，那就更不用說了，那是只有神國和冥界才有的稀罕品種，凡間可沒有！

03

隨著廚房的侍從將食物端上鋪了長巾、擺放了各式餐具的餐桌，下半場的慶典也宣告開始了。

與會來賓們除了欣賞歌舞表演之外，在幾場演出當中也有穿插交際舞的安排，讓來賓們可以下場跳舞，不用一直乾坐在座位上，不想跳舞的人也可以到處走走逛逛，認識其他人，這也是讓神官、王室、貴族和官員結識的好機會。

瑪歌依舊坐在位置上沒有移動，貓神殿的神官則是走了一部分，留下了一部分。

這個世界畢竟是以戀愛爲主線的世界，不少人跑來當神官就是想要提高自己身價，結識條件更好的對象，獲得好姻緣，自然不會放過這麼重要的「聯誼」機會。

就算對戀愛沒興趣，他們也會去結識一下其他人，擴展自身人脈，尤其是官員出身的人。

官員是平民、小貴族和家族裡不受重視的子弟的晉身之路，他們無法依靠家裡的支持，只能靠著本身的才能和人脈鑽營闖出一片天，像豐收日這種大型聚會場合，就是他們拓展交際圈的最好時機。

瑪歌沒有動彈，她目前沒有戀愛的想法，雖然想要結識新朋友，但是爲了避免誤會，她也沒打算在這種場合去認識新人。

「瑪歌，我就知道妳在這裡！」

愛麗兒雙頰紅潤、氣喘吁吁地出現在她面前，她剛才下場跳了好多支舞，跳過癮了就跑來找瑪歌。

「妳怎麼不下去跳舞？我剛才一直在人群裡找妳。」

見瑪歌的身邊沒人，愛麗兒隨手從餐桌處拿了一杯飲料，在她身旁坐下。

「我有跳開場舞，後來就跑去吃東西了。」瑪歌笑嘻嘻地回道：「各殿的大廚料理手藝眞好，我吃了好多美食。」

開場舞是所有人都要參與的，算是炒熱氣氛，瑪歌隨便跟一個邀約她的人跳舞，跳完後就繞著所有餐桌走了一圈，品嘗到不少美食。

只是後來一些人包圍住她，明裡暗裡地打探她收到什麼神賜，又問她的出身背景，還用一種衡量貨物價值的眼神審視她，瑪歌不想忍受這些人毫無邊界感的試探，就躲回貓神殿的座位區了。

雖然沒有明文規定，但是眾人默認神殿的座位區只有神官才能進入休息，王室、貴族和官員想休息時，可以回到他們專屬的區域歇息，所以那些人並沒有跟上來騷擾瑪歌，讓她總算落得清閒。

「愛麗兒，剛才跟妳跳舞的那位是？」

座位區的位置較高，可以看見會場中央的情況，所有人的動靜都一覽無遺，愛麗兒跳舞的情況瑪歌自然也注意到了。

先前跟愛麗兒跳舞的青年，在愛麗兒離開後，跑去圍繞在美神殿的紅玫瑰身旁，跟其餘幾位男子一起對她獻殷勤。

在這種交際場合跳舞也是有「潛規則」的，跟同一人跳一兩支舞是正常的社交禮儀，要是跟對方有想要進一步發展的想法，那就會多跳幾次，其他人看見他們一起跳了很多次舞，也就知道這兩人可能在發展中或是曖昧中。

瑪歌看的很清楚，那位青年可是跟愛麗兒連跳了五、六支舞，既然有進一步發展的想法，怎麼又跑去跟其他女生獻殷勤？

「他啊，是我三哥。」

愛麗兒顯然也注意到自家哥哥的情況，不以為然地撇了撇嘴。

「最近他被卡瑞莎迷得神魂顛倒，我媽讓我看著他一些，我才拉著他跳舞的。」都跳了好幾支舞了，愛麗兒也算是有作到母親的叮囑，之後就不再干涉三哥的行動了。

「你三哥想追求她？難度很高啊……」

卡瑞莎可是遊戲中的人氣角色，即使是在現實中，圍繞在她身旁、對她獻殷勤的人也不少，愛麗兒的三哥相貌沒有比那些人出色，才學目前不清楚，唯一能拿出來比較的是家世背景，可是這些追求者之中，也有出身不遜色於他的大貴族和王室子弟。

「大王子好像也對卡瑞莎……」瑪歌委婉地提醒愛麗兒。

愛麗兒立刻理解瑪歌的隱含意思，不在意地笑笑。

「沒關係，反正他們兩個不可能在一起……」

話說到這裡就中止了，但是愛麗兒卻用著「妳快問我爲什麼」的表情看著瑪歌，瑪歌也只好順應她的心意問了。

「爲什麼他們不能在一起？」

愛麗兒像是要聊八卦一樣，興奮地湊到她耳邊，低聲說道。

「卡瑞莎的母親是一位相當知名的舞姬，後來成了某位貴族的情人，卡瑞莎是貴族的私生女，爲了讓她得到一個好身分，她的母親送她來當神官……」

萬神殿規定，一旦被神明遴選爲神官，即使她的出身再不光彩，成爲神官之後就是「人人平等」，沒有貴族和平民之分，不會再有人拿她的出身說事。

當然，這樣的規矩也要看人家願不願意遵守。

在意的人始終會在意。

不過這一點也不是沒有破解的辦法，只要神官能夠靜心鑽研學習，抓準每一次神殿的考核機會，獲得晉升，從神官變成執事神官、大神官甚至是祭司，那些貴族爲了神官的人脈和神明的眷顧，肯定會接納她。

「我母親也不是因爲她的身世阻止他們，畢竟卡瑞莎在美神殿的評價也很不錯……」

愛麗兒爲自家母親解釋了一句，才又道出她家裡人的想法。

「我三哥他不是家裡的繼承人，成年以後只能從我爸那裡領一筆錢，以後凡事都要靠自己，雖然他去年通過官員考試，成爲市政官的助手，但是他一年的收入也才一百金幣，這麼點收入怎麼夠生活？他現在穿的那套禮服就要三百金幣了！」

在平民百姓眼中，一年能夠賺一百金幣已經是相當多了，但是在貴族子弟眼裡，那也不過是他們買一件衣服或是一件飾品的金額，由此便可以看出，這世界的貧富差距有多麼大了。

「父親和母親希望三哥能夠找到一個對他未來有助益的對象，貴族或是官員之女都行……」

愛麗兒的父母對孩子的安排，瑪歌也能理解。

父母親不都是那樣嗎？希望孩子未來能夠過得好，過得平安、健康、工作順順利利，最好還能有一個光明的未來，老了以後不會窮困潦倒。

在貴族們眼中，最好的捷徑當然就是迎娶一個家境優渥、家世背景良好的妻子了！

貴族的聯姻所帶來的好處，可是能讓兩個家庭都有向上攀升的機會。

要是愛麗兒的三哥娶了卡瑞莎，那就跟娶了一個孤兒一樣，沒有妻子的娘家協助，一切都只能靠自己或是請求家人幫助，然而等到愛麗兒的父親去世，家裡的一切是由長子繼承，兄長也有自己的家人要照顧，能夠幫弟弟一時，可幫不了一世！

不過若是換成孩子的立場，那就又不一樣了。

爲什麼我不可以娶喜歡的人？

爲什麼就一定要聯姻？

爲什麼那麼不看好我，不相信我可以闖出一片天？

青年都是年輕氣盛的，他們總是相信自己未來大有可爲，可以闖出一片天。

可想而知，如果愛麗兒的三哥是個硬脾氣的，往後他們家大概會鬧出許多事情來，就像那些豪門連續劇的劇情一樣。

不然前世怎麼會有網友說：戲劇源自生活呢？

04

豐收慶典上的神賜並沒有讓瑪歌引起太大的關注。

眾人聊天的主要話題是剛結束不久的豐收慶典，以及他們在慶典上遇見的曖昧對象和大人物。

進入萬神殿的神官不是一心侍奉神明的，他們更多是想要藉由神官的身分獲得地位和更好的結婚對象。

再加上豐收慶典後緊接著就是冬季的社交季，冬季的社交季可是一年之中的聯誼重頭戲！

除了由各家貴族舉辦的私人舞會之外，還有官方舉辦的官方聯誼會、餐會、歌舞劇會、音樂會等活動，這時候的貴族們就很忙碌了，幾乎每天都有舞會、餐會和聚會要參加。

凡是到了社交年齡、適婚年齡的人都會被家中長輩帶出門，穿著新裁製的新衣服，裝飾的像是孔雀一樣，在各個舞會中展現自己，期望能夠收穫一段短暫的浪漫邂逅，或是定下終生的盟誓姻緣。

這時代的人在男女感情上相當開放，他們認爲，在結婚前就要多交往、多比較看看，所以即使在婚前有過許多段戀情，其他人也不會有異樣眼光，反而會認爲，「他／她經歷過那麼多段戀愛，最後選擇了這個人，肯定是認爲他／她是最適合的人」。

被選定的結婚對象會有一種「最後贏家」的驕傲心態。

貴族們忙碌著社交季的事情，萬神殿的神官們也沒有閒著，同樣忙著裁製新衣、裝扮自己。

因爲神官也能參加社交季。

進入冬季後，不僅是農夫清閒下來，前來萬神殿參拜的人也減少了，這讓神官清閒許多，於是沒事的神官就被獲准參加冬季社交季。

不過不管是私人舉辦或是官方舉辦的社交舞會，都是需要獲得邀請函才能參加，而這個時候，就是看出一位神官的人緣好不好、人脈廣不廣的重要關鍵了。

在遊戲中，豐收慶典是玩家努力拓廣人脈的重要時間點，而社交季的邀請函就是判斷玩家跟那些NPC的互動，有沒有達到「成爲朋友」的地步了。

以遊戲裡頭的標準來說，玩家只拿到一到三張邀請函表示不合格，五張左右表示不錯，十張是優秀。

而這些邀請函也會影響到玩家角色在翌年開春的名聲和各種機緣。

不過在現實中，邀請函的數量雖然重要卻也比不上發函者的身分，如果只拿到一張邀請函，但是這邀請函卻是王室發出的，那可是能夠勝過一切！

瑪歌就收到了一張王室發的邀請函。

她覺得很納悶，明明豐收慶典時她也沒有刻意跟人結交，也已經做好不會收到任何邀請的準備，怎麼王室會發給她邀請函？

看上面的屬名，還是王后發給她的。

豐收慶典那天國王和王后也有到場，不過包圍在他們身邊的人實在是太多了，所以瑪歌也只是遠遠地看一眼，了解一下國王和王后長什麼模樣，就沒再繼續關注了。

「我並不認識王后也不認識王室的人，怎麼會……」

瑪歌茫然地看著送來邀請函的安妮。

「是我跟王后提議的，王后是我表姐。」安妮沒有賣關子，爽快地說出答案，

「我知道妳不愛參加這些活動，但是如果妳在社交季連一張邀請函都沒有收到，是會有不好的評價的。」

萬神殿的神官雖然是侍奉神明之人，理應不用像一般人那樣行事，可是神官也是人，他們接觸的也是普通人，世俗的規矩和評價對他們來說也是很重要的。

別的不提，就拿神官晉升來說吧！一位人緣好、眾人對他都有諸多讚賞，一遇到事情就能找來幫手幫忙的神官，跟一位獨來獨往、沒什麼朋友、不參加任何交際活動，想辦個聚會也找不到人的神官，你會選擇哪一個？

安妮暗中觀察瑪歌一段時間，確定她是一個心思簡單、做事踏實，眞心喜歡貓的愛貓人，這才會貼心地爲她打算。換作是那些想要拿貓神殿當踏板的人，她可連理都不想理！

雖然貓神會在挑選神官時先篩選過一遍，可是貓神挑的只是愛貓人，其他的可不管。而愛貓跟他們將貓神殿當成晉升上流社會的踏板，並沒有衝突啊！

安妮想起之前一位貓神殿的神官，她藉由「愛貓」的形象獲得安妮的肯定，並透過安妮接近同樣是貓奴的王后，還想要踩著王后勾搭國王！

要不是國王雖然愛玩、喜歡舉辦宴會、喜歡收集各種奇珍、喜歡玩各種新奇遊戲，但是在大事上卻相當清醒，沒有被那女人拐去，安妮眞不知道該怎麼面對自家表姐。

雖然王后表姐跟國王的婚姻只是聯姻，其中爲了國事、政治考量的因素比情愛更多，但是他們兩人配合的相當有默契，相處的也相當融洽，可以說是王室良好婚姻的典範。

安妮完全無法想像，要是因爲她的關係破壞了國王和王后的感情，她該怎麼收場？該怎麼面對王后表姐！

幸好王后跟國王身邊的人及時看出那女人不懷好意，直接把人趕走了，後來聽說她嫁給一個花心多情的貴族，當他的第三任妻子，並且辭去神官的職位。

——神官結婚以後，是可以繼續留在萬神殿當神官的，但也有一些人只想當養尊處優的貴夫人，不想辛苦工作，這時候就會向萬神殿請辭。

那次的事件讓安妮耿耿於懷，甚至動了離開貓神殿的想法，王后察覺到她的狀態，主動安慰並開解她，她這才繼續在貓神殿任職。

不過現在她對人也多了幾分提防，不會輕易引薦人參加社交季，瑪歌是這幾年來第一位讓她想要介紹給王后表姐認識的人。

瑪歌深受神明喜愛，賜下多次神賜，但是她本人並沒有因此猖狂得意，反而在引起眾人關注時就默默窩在貓神殿中，不理會那些想要結識她的貴族。

但是瑪歌也不是性格孤僻、清高冷淡的人，她親近貓神殿的神官同袍，也會指點庫克大廚、寶石匠人胡力、機械匠人銅木製作各種供品，取悅神明，讓他們獲得神明青睞。

從這一點可以看出，瑪歌只是性格低調，不喜歡引人關注，但是對於朋友、對於跟她一樣認真工作、爲神明服務的人，都是存有莫大善意的。

「我表姐很好相處，到時候我介紹妳們認識。」安妮笑容滿面地說道：「王室的『冬日餐會』的時間是從上午十點開始到傍晚五點結束，就只是一群人在那裡吃吃喝喝順便欣賞表演而已，不需要穿的太正式，妳有參加餐會的服裝嗎？」

「應該……有吧？」

瑪歌的衣櫥裡有幾件洋裝，但是她也不確定安妮說得「不用太正式」是到什麼地步，她起身打開衣櫥，將自己的衣服展示給安妮看。

「唔……這些衣服都不行，太樸素了。」

安妮瀏覽一圈後，對瑪歌搖搖頭，顯然對這些衣服都不滿意。

即使只是餐會，不是什麼正式場合，但也要考慮到主辦人是誰，多多少少都要穿的「慎重」一點，衣服上至少要鑲嵌幾顆珠寶，或是弄些金銀飾物上去才行。

「沒關係，冬日餐會是在入冬後的第一個星期舉辦的，現在離入冬還有將近一個月的時間，做一套簡單的小禮服，時間還是相當充足的。」

想了想，安妮又提醒道：「妳最好訂做兩套禮服，一套冬日餐會穿，一套在冬末的『迎春餐會』穿。迎春餐會是我們萬神殿舉辦的餐會，雖然也可以穿神官袍參加，不過我覺得還是穿禮服比較有誠意。」

王室負責整個冬日社交季的開場，在王室的冬日餐會之後，就會有各家貴族舉辦舞會、宴會、音樂會輪番上陣，最後的收尾是由萬神殿進行。

王室開場，萬神殿收尾，從這邊也可以看出，這個世界王權與神權並重的情況。

第六章　冬天的社交季開始了

01

社交季到了，裁縫師都很忙，訂單被貴族們擠爆。

擔心瑪歌找不到裁縫師，安妮推薦了幾位她平常訂做衣服的裁縫師給她。

瑪歌不是挑剔的客人，服裝不用全新設計、不用與眾不同、不用豔壓群芳，用裁縫師預先做好的半成品修改也行；珠寶裝飾不用過多，也不需要考驗裁縫師的手藝，不要求要高端精湛的裝飾技藝，只需要鑲上幾顆珍珠，用瑪瑙、金銀絲或彩線點綴，穿起來舒適自在，款式落落大方，不至於跟餐會格格不入即可。

裁縫師就喜歡這樣的客人！

他們原本就已經忙得要死，結果還被加塞一個人過來，讓原本就已經很忙碌的縫製行程變得更加繁忙，如果這位客人又吹毛求疵，反反覆覆地修改，那眞的是會讓人發瘋！

像瑪歌這樣的客人最好，要求不高，裁縫師可以交由弟子去製作她的小禮服，自己做最後的把關就好。

而且瑪歌還爲了減輕裁縫師們的負擔，提供了「絨花」的製作靈感，工藝簡單、成品精美，搭配衣服的效果也十分出眾，讓裁縫師們對她的好感倍增。

裁縫們製作過緞帶花，卻沒有做過絨花，這對他們來說是一種新型技藝，讓裁縫師們相當驚豔。

解決了服裝問題，瑪歌終於可以全新投入升級後的學習殿堂了。

原本的學習殿堂就是一個簡陋的銀灰色空間，升級之後，它多了各種學習課程，空間還會按照學習課程變化成不同的工作室，裡頭的工具和各種設備齊全，不需要額外購買。

唯一的缺點就是使用學習殿堂的材料所製作出的成品不能拿到外面，但是如果是自己從外面帶材料進入學習殿堂製作，那就沒問題了。

不過瑪歌現在要學得是從來沒做過的【道具】，還是使用學習殿堂裡頭的虛擬材料比較好，不會浪費。

教授的老師是一名男性，身材修長，寬肩窄腰大長腿，搭配款式簡潔俐落、低調奢華的服飾，相當出色。

即使臉部被一片白霧籠罩，光看身材、外貌也能給他七十分。

老師的聲音也很動聽，略帶磁性的男中音，說話不疾不徐，娓娓道來，就算是枯燥的課程也像是在聽故事一樣，相當吸引人！

聽著這樣的嗓音上課，即使學習上遭遇困難，也還是會甘之如飴地繼續努力學習吧！

瑪歌不禁感慨，設計出這麼一位授課老師的人，肯定把心理學學習得很好，知道什麼樣的老師才能吸引學生學習。

「妳好，我是負責教授妳的老師，妳可以稱呼我爲『戴恩』。」

「戴恩老師好，我叫做瑪歌。」

「瑪歌妳好，現在我們開始上課吧！」

「好。」

戴恩老師拿出道具卡牌，向瑪歌展示道具的模樣，經由實物讓瑪歌明確了解道具是什麼樣的存在。

【道具】的基本材料就是一張水晶卡片，卡片的顏色是乳白色，尺寸跟撲克牌差不多，厚度差不多是三張撲克牌疊在一起的份量，拿在手上還挺方便的。

在水晶卡片上書寫「神文」和描繪狀似魔法陣的「陣圖」後，形成的卡牌就是【道具】了。

而用來書寫和描繪的筆墨，自然也不是尋常物品。

筆分爲兩種，一種是使用蘊含能量的水晶和礦石製作的「水晶筆」，另一種是用具有能量的「荒獸」骸骨製作的「骨筆」。

墨水則是用了荒獸骨血、植物跟礦物磨成粉末，並加入神池的水製作而成。

瑪歌以前在書籍上看見過「荒獸」的介紹，那是在人類尚未誕生的時期，從荒野的特殊能量裡產生的野獸。

荒獸具有特殊的力量和能量，有的會噴火、有的會噴水，還有能夠操控土壤、植物、風和雷電的。

荒獸的皮毛、骸骨、血肉、心臟具有特殊能量，被廣泛地使用在製作【道具】、藥物、工藝、機關機械等物，喜歡奇珍的貴族們還喜歡用它來製作成衣服和首飾。

道具課程從製作筆和墨水開始，戴恩老師很有耐心，先介紹各式各樣的材料和幾種製作流程，而後一步一步展開教學，每一個步驟的細節和注意事項都說明的清楚詳細。

學會製作筆和墨水後，就到了學習神文和陣圖的課程了。

神文的模樣像是甲骨文，又像是幼兒簡筆畫，例如代表太陽的文字，就是一個圓圈，旁邊加上幾筆代表光線的線條，瑪歌小時候也是這樣畫太陽的。

而代表魚類的文字，就是眞的畫一條魚，「人」就是火柴人，象徵「關注」、「閱讀」的神文是一隻眼睛……

陣圖的畫法就複雜多了，就像是瑪歌以前看的魔法動漫那樣，圖案線條複雜而且不能手抖，線條一抖，那就報廢了。

幸好瑪歌本身喜歡畫畫，學過幾年專業的美術課，繪畫基礎打的好，再加上戴恩老師的教學清晰，這才順利地學習下來。

日子就在專注學習中過去，一眨眼就來到了王室的冬日餐會這一天。

瑪歌穿著一套紅白相間的小禮服。

禮服的底色是白色，紅色腰帶繡著金色和藍色交織的花紋，下方連著八片裙和金色流蘇，八片裙只到大腿長度，上面點綴了幾朵毛茸茸的絨花，底下是層層疊疊的乳白色蛋糕裙。

小禮服外頭搭著一件紅色短外套，外套的領口和袖口裹著一圈兔毛，裸著的雙腿穿著一雙同樣有絨毛裹邊的中長靴，最外面還披著一件有兜帽的長斗篷，從頭到腳都包裹住，相當溫暖。

冬日餐會是在王室的水晶花園舉辦的，水晶花園的結構像是一座大型水晶宮殿，裡頭設有恆溫陣法，將花園裡頭的溫度維持在舒適的春季氣候，但是從外頭走到水晶花園的道路可沒有這麼貼心的設計，眾人需要穿行過長長的戶外迴廊和彩飾磚石路，在冬季的寒風中走上二十幾分鐘才行。

今天天氣晴朗，陽光露臉，迎面吹來的風卻是冷颼颼的，讓人不自絕地縮起脖子，想將自己裹成一團。

現場的來賓衣著分爲兩種，一種是像瑪歌這樣，裡頭穿著小禮服，外頭搭著毛茸茸的毛皮披肩或大衣的，還有一群是不穿保暖皮衣，直接將華麗而單薄的禮服顯露在外的。

這群人的衣著讓瑪歌聯想到現代某某晚會或頒獎典禮上，明星們在寒風中穿著單薄禮服、凍得瑟瑟發抖的模樣。

「他們不冷嗎？」瑪歌忍不住對身旁的安妮低聲嘀咕。

「不會，那些人的服裝都是用特殊材料製作的，具有保暖和恆溫效果。」安妮向她解釋道。

「欸？」瑪歌沒料到會是這樣的回答，訝異地愣了一下。

具有特殊效果的服裝？那不就跟遊戲中的特殊套裝一樣？

安妮以爲瑪歌的詫異是因爲不知道有這樣的衣服，又繼續爲她說明。

「特效服裝的製作工藝複雜，需要用荒獸生產的絲線絲布，用神奇植物、能量礦石作爲染劑，衣服做好以後，上面的花樣紋飾都是神文和陣圖組成……」

經安妮這麼一說，瑪歌仔細觀察那些人衣服上的花紋，發現還眞的是她學習過的神文和陣圖，不過或許是因爲要裝飾到衣服上的關係，神文和陣圖都有變形和修改，功效大幅削弱，有的甚至乾脆就沒了作用，只有裝飾用途。

「這種特殊禮服造價相當昂貴，單就一件款式簡單的連身裙就要十萬金幣起跳。」

安妮雖然也是出身貴族，消費習慣卻是以實用爲主，特殊禮服的花費太過奢侈，她不會特地花錢購買，她的衣櫃裡的那些特效服裝是家人買給她的。

「明年春季，你們就能學習到神文和陣圖，也可以自己製作具有溫暖作用的道具卡牌，效果不輸那些特效衣服。」

「好。」

02

冬日餐會採用自助餐形式，廚師們預先準備好一部分需要長時間烹煮的餐點，還有一部分像是牛排、烤肉這類適合現做現吃的食物，則是由大廚在現場進行烹飪。

自助吧檯分成三行陳列，中間的空位擺放方形或是長方形的餐桌，與會來賓可以任意選擇位置坐下。

食物的品項大致可以分成前菜、湯品、麵包點心、主菜、飲料、水果和甜點幾種品項，每一個品項都有五至十樣的菜色供人選擇。

國王和王后穿著一襲輕便的服裝，雖然奢華依舊，卻沒有先前在豐收慶典上穿得隆重。

國王的身材高大，臉龐略有些圓胖，蓄著短鬚，雙眼帶著笑紋，從五官輪廓可以看出他年輕時的相貌應該相當英俊。

他的臉上始終帶著笑意，如果不知道他的身分，肯定會以爲他是一個性格爽朗、待人親切的老好人。

王后的年紀比國王小五歲，外表保養的很好，將近五十歲的年紀看起來卻像是三十歲左右，臉上的妝容很淡，身形穠纖合度，氣質優雅，懷裡還抱著一隻琥珀色眼睛的橘貓。

瑪歌有些訝異，她還以爲王后會跟其他人一樣，偏愛跟貓神同樣毛色的白貓。

「我表姐很愛橘貓。」安妮低聲跟瑪歌說道：「她小時候被橘貓救了一命，之後養的貓就全部都是橘色的，要不就是帶著橘色毛的花貓。」

「橘貓也很可愛，圓滾滾、胖嘟嘟的。」瑪歌笑道。

她對貓咪的毛色並沒有特別的喜好，白的也好、橘的也好，黑白花的也行，在她看來，每一隻貓咪都是可愛的小天使，沒必要用毛色和品種去定義牠們。

國王和王后簡單地說一些「歡迎大家參加冬日餐會，大家吃好喝好玩好」之類的開場白後，餐會就開始了。

瑪歌跟著安妮行走在自助吧檯旁，夾取想吃的菜色，她原本以爲這樣的活動會很無聊，沒想到實際上的感受還不錯。

現場的氣氛不錯，樂團演奏著適合搭配用餐的輕音樂，間隔一段時間還會有俊男美女的舞蹈表演。

瑪歌在觀看表演之餘，還聽到了一堆貴族們的八卦，刷新她對這個世界的認知。

「妳們聽說了嗎？歐凱爾家的二兒子跟卡瑞納家的小女兒要結婚了！」

「這不是上個月的消息了嗎？」嘴角有一顆痣的婦人搖著扇子回道：「我聽說他們已經進行到簽訂婚姻契約這一步了。」

「那個二少爺婚前有一個情人，同樣寫進婚姻契約裡了！」

「呦？這樣看來，他對那個情人倒是有幾分真心……」

「呵，就不知道他能不能養得起兩個女人了。」身材高瘦的婦人冷笑道。

情人？婚姻契約？

瑪歌在旁邊聽得一頭霧水，低聲詢問身旁的安妮。

「他們說的把情人寫進婚姻契約是怎麼回事？」

「婚姻契約是宣告結婚的雙方對未來的想法，會在婚禮時呈給婚姻神看。婚姻神要求夫妻雙方要對對方坦率，如果結婚之前有情人，並且在結婚以後還不想跟情人斷絕關係的話，就需要將情人寫進契約裡頭，請求結婚的另一半同意……」

「……還能這樣？」瑪歌眞是大開眼界，「要是不同意呢？」

「那就繼續談判啊！」安妮理所當然的回道：「要是眞的不行，那就換個結婚對象，不過一般都會同意的。」

「爲什麼啊？」瑪歌困惑了，「怎麼會有人同意情人來分享自己的愛情？」

安妮低笑一聲，不以爲然的回道：「妳也說是『愛情』了，貴族的聯姻會有愛情嗎？聯姻聯的是兩個家族，跟結婚的當事人沒有多大的關係。」

頓了頓，安妮又說道：「而且同意對方養情人以後，自己也不是沒有好處，最基本的一點，養情人的伴侶必須『維護婚姻伴侶的利益』，也就是說，你送給情人一棟房子，那也必須送同等價值的禮物給婚姻伴侶……」

從收穫禮物的角度來看，婚姻伴侶也算是得到了好處。

一些家境不好、嫁妝沒那麼多的小貴族之女，還挺喜歡這條規矩的。

「……要是結婚後遇見了喜歡的人呢？」

「所以才會有『同意養情人』這個約定啊！只要雙方都同意對方可以擁有情人，那未來遇見喜歡的人就能夠跟他們在一起了。」

「跟情人生下的孩子也能夠被接受？」

「這些都會在婚姻契約上先談好。」安妮回道：「有些人會接受對方冠上家族的姓氏，有些人不願意對方冠上姓氏，但是同意給對方一筆錢……」

如果讓孩子冠上家族的姓氏，那就代表這個孩子同樣享有繼承權，可以分得一部分家產，大多數貴族都不會同意這麼做，不過如果只是將孩子養到成年，並且給對方一筆生活費，大多數人都會願意。

對貴族來說，能用錢解決的問題，都不是問題。

「這樣的婚姻也太不自由了。」瑪歌表情糾結，又有些好奇，「要是忍受不了這種情況，不想被人支配婚姻該怎麼辦？」

「那就努力啊！」發現瑪歌似乎產生誤解，安妮笑著解釋，「其實貴族並不會侷限孩子的未來，如果你努力學習、展現出自己的價值，那麼長輩們就會放手讓你去做想做的事情，但是相反的，如果你不想努力、不想辛苦工作，只想要吃喝玩樂靠家族養著，那就會被派去聯姻……」

說穿了，聯姻其實是對沒本事或是不上進的人的最後保障，確保對方能夠藉由聯姻衣食無缺。

「我懂了。」瑪歌面露恍然。

有本事的就去工作賺錢，沒本事的就去當種馬，爲家族的生育率做貢獻。

這麼一想，瑪歌又覺得好像也是可以接受的。

畢竟家族養育了你、栽培了你，怎麼樣都要爲家族做個貢獻嘛！

「王后現在身邊沒人了，走，我帶妳去問候她。」

安妮拉著瑪歌起身，走向王后所在的餐桌。

王后事先得到通知，知道自家表妹會帶瑪歌過來參加餐會，王后擔心這會不會又是一個想要踩著安妮當踏板的人，便私底下派人調查瑪歌。

瑪歌從實習神官開始的一舉一動，以及成爲正式神官後深受神明眷顧的事情，自然被王后知曉了。

——能被神明關注的神眷者，都是人品優秀的人。

王后和所有聖泰希人都深信這一點，對瑪歌的態度自然也相當友善。

有王后在冬日餐會上的表態，那些參加餐會的貴族和官員們自然會對瑪歌多幾分看重。

不過看重的程度也有限，除非瑪歌之後能夠晉升到更高的職位，不然一個貓神殿的小神官，還不值得他們拉攏，也還不夠跟貴族們聯姻的資格。

不知情的瑪歌，不曉得自己逃過了被人相親、催婚和聯姻的麻煩，只覺得那些貴族對她的態度不錯，雖然表情和說話的語氣都是社交套路，卻比她預想中的高傲、冷漠、瞧不起人等態度要來得和善許多。

03

在冬日餐會跟冬季末端收尾的迎春餐會之間，瑪歌迎來了第二次的祝禱日。

與她交情不錯的安妮和凱莉也在這次的名單之中。

有過第一次的經驗，第二次來到萬神殿的瑪歌就顯得從容許多，上次她的注意力放在儀式進行和各神殿神官的表演上，並沒有關注其他。

這次她就注意到，在他們入座後，許多人的目光不斷朝貓神殿的座位區掃來，有些甚至停留在她身上許久。

「……我覺得好像有人在盯著我？」瑪歌不太確定地說道。

「不是好像，他們確實就是在看妳。」凱莉低聲回道。

「爲什麼？」瑪歌面露不解。

在她看來，她就是一個平平無奇的小神官，應該不會有人關注她才對。

「他們是好奇妳這次會得到多少神賜？」

預先聽到風聲的安妮，露出一個溫柔又得意的微笑。

「上一次的祝禱日妳大出風頭，獲得珍貴的神國雲魚和金鱗旗魚，其他神殿的人表面上不說，私底下是不服氣的，我聽說他們在回到神殿後，更加努力的修行，就是想要在下次遇見妳時再跟妳較量一次。」

「……」瑪歌回想起當初的情況，頗爲哭笑不得。

金鱗旗魚被養在海神殿，聽說現在已經被餵胖了一圈，而「跟寵：神國雲魚」原本是跟在她身邊的，但是因爲受到太多關注，還有人打著各種理由想要「借」走雲魚，瑪歌被騷擾得煩躁，上報執事神官和祭司，只是即使貓神殿的祭司出面警告，那些人也只是稍微收斂一些，並沒有打消盤算。

瑪歌乾脆跟執事神官商量，將神國雲魚放養在貓神殿內，請貓神殿的眾神官一起照顧和保護。

祭司和執事神官們自然是同意了。

自此以後，那些人也就沒再來騷擾瑪歌。

神國雲魚放養在貓神殿裡，在外人看來就是瑪歌將雲魚獻給貓神殿。其實這是貓神殿出面給瑪歌當靠山了。

貓神殿的祭司私底下跟她說過，神國雲魚是貓神給她的神賜，貓神殿不會侵占，等到風頭過去，瑪歌隨時可以將神國雲魚帶走，讓她不用擔心。

即使沒有祭司的保證，瑪歌也不怕神國雲魚被搶走。

神國雲魚是她抽卡獲得的跟寵，只要她召喚，牠就會返回她身邊，她甚至可以將雲魚收入儲物空間裡，所以就算放在貓神殿內，她也不擔心會失去牠。

神國雲魚不愧是有靈性的神魚，牠留在貓神殿後，主動負責照顧花園和擔任貓咪保姆，貓神殿的花園被牠打理得生機勃勃，貓咪們也被牠教養得相當乖巧，省去神官們許多麻煩。

「瑪歌沒問題的。」凱莉倒是對瑪歌很有信心，大力誇讚道：「我從來沒見過像瑪歌對貓神這麼虔誠的人。她每天的行程都是滿檔，早上在神殿念祈禱文、獻花給貓神，中午會跟大廚研究獻給貓神的料理，下午還會照顧貓咪，晚上看書……完全沒有休息，她是我見過最勤勞的神官，神明肯定喜愛她！」

也因爲親眼見識到瑪歌的勤奮和努力，凱莉對於瑪歌受到神明重視一事，並沒有任何忌妒之心，反而覺得這是理所當然的。

不只是她，幾乎貓神殿所有人都是這麼想的。

而一些有企圖心、有自己目的的人，雖然不高興瑪歌太過耀眼擋了他們的光，但也沒辦法昧著良心否認她的勤奮。

瑪歌最近忙著學習神文、陣圖和道具製作，但就算是這樣，也不妨礙她刷勤勞值。

學習也是有勤勞值的，而且因爲她現在學習的是更高階的知識，所以日常任務給得勤勞值也偏多。

學會一個神文字可以獲得兩百點勤勞值；學會一個基礎的陣圖樣式可以獲得兩千點勤勞值；製作出一張合格的基礎道具卡牌可以獲得五千點勤勞值……

非、常、好、賺！

瑪歌第一次有「勤勞值輕輕鬆鬆就能獲得」的想法。

不過這也是瑪歌本身在語言上的學習能力強，又有繪畫功底，這才能夠學得這麼順利，換成其他人，不是卡在學習神文字這一關，就是被那繁複的陣圖給難住了。

「眞有趣，其他神殿的神眷者也都來了。」安妮的目光環視一圈，將那些人一一指出，「太陽神殿的亞度尼斯、海神殿的波賽恩、戰神殿的阿爾傑、美神殿的卡瑞沙，幾乎各殿都把人派出來了……」

並不是十大神殿都有神眷者，創世神、豐收神和冥神殿因爲神明性格的關係，極少出現神眷者。

婚姻神殿的神眷者多是已婚婦人，這些婦人忙著調解各家婚姻關係，對於祝禱日的神賜競爭沒什麼興趣。

智慧神眷顧每一位渴望知識、對學習有熱情的人，但是甚少有人能被祂看上，成爲祂的神眷者。

工藝神跟智慧神差不多，祂欣賞努力學習的匠人，但是因爲本身性格樸實的關係，工藝神認爲匠人精進自身手藝是分內之事，不應該因此獲得賞賜，除非這名匠人在努力之外額外學習了許多知識，這樣才能夠被工藝神認可，所以工藝神殿的神官也是極少獲得神賜的。

相較之下，太陽神殿、海神殿、戰神殿和美神殿的神明，本身的性格都是張揚、外放、熱愛競爭的，有什麼樣的神明就有什麼樣的神官，這幾座神殿的神官自然就偏愛與人競爭了。

「智慧神殿還開了賭盤押注，我壓了十金幣賭瑪歌獲勝喔！」凱莉對瑪歌信心十足，押了不小的金額。

「神殿還能賭博啊？」瑪歌還以爲神殿的神官都是清心寡慾、恪守規矩的呢！

「保持理智的賭博是可以的，就是不能沉迷。」安妮神官解釋道。

凱莉也跟著點頭附和，「我聽智慧神殿的神官說，賭博跟數字計算有關，說什麼有規則性，他們解釋了一堆，我聽不懂，不過總結就是賭博對他們來說是一種動腦的益智遊戲，可以讓他們變得更聰明。」

「了解。」瑪歌大概可以理解智慧神殿神官的想法了。

不管是撲克牌、麻將、輪盤、骰子或是其他玩法，確實都涉及到數字運算。

算術題作多了會不會變聰明？瑪歌並不清楚，但是大腦會變得活躍倒是眞的，以前唸書的時候，她每次寫數學考卷時，就感覺腦細胞要被燒乾了！

或許是抱持著競爭的心態，在貓神殿之前上場表演的各神殿神官，在領完神賜之物後都會往瑪歌的方向掃一眼。

原本瑪歌並沒有注意到這一點，但是當獲得神賜的神官一個、兩個、三個、好幾個人都這麼做之後，就算瑪歌再遲鈍也會發現到不尋常。

察覺到對方的態度後，瑪歌總覺得他們是在跟她下戰帖，表明：這次絕對不會再被妳蓋過風頭了！

行啊，要戰大家來戰啊！瑪歌被激起了氣勢，她開始查看目前累積的勤勞值，默默盤算該怎麼進行兌換？

一星卡要兩百點勤勞值；兩星卡要一千點勤勞值；三星卡是一萬點勤勞值；四星卡要五萬點勤勞值……

她現在有七萬一千四百點，可以抽一張四星卡、兩張三星卡、一張兩星卡以及兩張一星卡，不管是質量或是數量都是完勝！

現在就只是怕，抽出來的卡片有的是虛擬物，像是技能、知識這一類的，不能展現在眾人面前。

不過就算六張卡牌有一半是虛擬物，那也有三樣實體物，剛才拿到最多神賜的就是拿了三樣，也算是跟對方打平了。

至於瑪歌會不會連三樣實體物都拿不到？這一點她覺得不太可能。

因爲一星卡和二星卡抽到的都是日常物品，像是衣服、食物、鞋包、首飾、材料、家具擺設等等，三星以上才會出現技能、知識和特殊光環等虛擬物。

也就是說，她抽的兩張一星卡和一張兩星卡絕對是實體物，是保底的三樣物品，就算其他高級卡都是虛擬物，她也沒有輸。

很快地，輪到貓神殿上場表演了。

這一次他們並沒有演唱讚頌貓神的歌曲，因爲負責創作歌曲的拜爾德覺得他們一直表演同樣風格的歌曲，會讓貓神感到厭煩，所以他決心改變風格，並因此陷入了創作瓶頸，這幾個月貓神殿的祝禱表演都是朗誦詩詞或文章。

詩詞篇幅不長，大意就是在讚頌貓神的雄壯威武、威風凜凜、氣勢洶洶、高貴凜然，不到一分鐘就唸完了。

是說，爲什麼所有讚頌貓神的詩詞、詩歌、文章都是往威風霸氣的方向描述，卻沒有可愛、嬌俏、甜軟這類的形容？眾所皆知，貓咪是隻撒嬌精啊！

儘管瑪歌心中困惑，但現在也不是讓她鑽研這件事情的時候。

神池池水湧動，金色光粒子浮現。所有人都全神貫注地盯著瑪歌的動靜。

瑪歌用意念點下系統頁面上的抽卡按鈕，開抽！

04

瑪歌抽中的兩張三星卡是：「道具製作禮包」和一套添加了戰鬥屬性的「戰鬥服」。

道具製作禮包的內容物包括：一支高階水晶筆、一支高階骨筆，一組十二瓶、有不同功效的墨水，以及一百張空白道具卡片。

而兩星卡和兩張一星卡抽中的物品分別是：貓咪造型手鏈一條、貓咪造型手套一雙和貓咪樣式溫暖毛襪子三雙。

至於瑪歌報以最大期盼的四星卡，則是抽出了【時空門】！

這個時空門在《信仰樂章：萌萌心動》遊戲中也是存在的，它是原本就設計在遊戲中，讓玩家前往祕境收集材料的傳送門。

而到了現實世界，瑪歌抽中的時空門則是被內嵌在學習殿堂之中，開啓它同樣可以穿梭到各個祕境裡頭。

瑪歌日後想要製作高階特效服裝、道具或是想要外出遊歷時，就可以利用時空門出行，簡便又快速。

瑪歌收穫了五樣神賜，完全碾壓其他人的收穫。

不過這樣的數量雖然不少，卻還沒有破祝禱日神賜的紀錄。

歷史上記載，百年前曾經有一位深受神明喜愛的神官，在祝禱日中一次獲得了九件神賜之物，而這位神官後來也逐漸晉升，成爲職掌萬神殿的聖祭司。

從這一點也可以看出，神明的關注和獲得的神賜之物的數量，也直接和間接地影響著神官在萬神殿的前途。

在瑪歌獲得神賜之後，現場的氣氛瞬間變得詭異起來，一是眾人驚訝她獲得的神賜數量，二是因爲她獲得的戰鬥服。

戰鬥服是有紅色火焰圖案的黑色服裝，白色的絲線繡成煙霧模樣，縈繞在火焰周圍。

「紅、黑以及白色加上火焰圖案……這不就是戰神殿的標準配色嗎？」

各座神殿的神官交頭接耳地低語，只是即使大家都刻意壓低音量，但是一群人同時說話就算壓低音量也依舊吵鬧，整個萬神殿瞬間變得鬧哄哄的。

「所以這套服裝是戰神送的？」

「戰神送了一套戰鬥服給貓神殿的人？嘖嘖！這可真是……」

「難道她擅長戰鬥？」

「不是吧？她看起來白白淨淨、柔柔弱弱的，身高也不高，完全不像戰神殿的人啊！」

戰神殿的神官外表很好辨識，身高腿長、高大健美、笑容陽光燦爛，身上的每一寸肌肉都被鍛鍊得相當出色，並且自帶一股野性、剽悍的氣質，一看就讓人覺得是可以一個打十個的戰士。

而瑪歌的身形一看就知道是沒有鍛鍊的身材，身上別說肌肉了，連肌肉線條都沒有，看起來就像是尋常的少女，這樣的人怎麼會被戰神關注？

「戰神這麼做……貓神會不會生氣啊？」

「聽說貓神跟戰神的感情好，應該……不會吧？」

「這可難說……」

就在眾人議論紛紛的時候，神池再度冒出沖天的金色光柱，並且傳來一聲略顯氣憤的響亮貓叫聲，更神奇的是，明明是貓叫聲，眾人卻清晰地理解了聲音的意思。

貓神說：混蛋戰神！你別想跟我搶小神官！

而後光柱裡飛出一堆貓掌印，「啪啪啪啪」地往戰鬥服上蓋章，等到貓掌印消失後，戰鬥服上的火焰圖案被貓掌印覆蓋住，就像是被貓爪踩在腳下的小可憐。

眾人原以為這樣就結束了，結果神池又噴出一道細小的光柱，一座二十公分高的白色貓神雕像飛出，落入瑪歌懷裡。

瑪歌沉默地看著懷中的雕像，心想：這難道是「貓神不開心，並且向妳扔了一座貓神雕像」的意思？

又或者是「我讓我的雕像盯著妳，別想勾搭其他神」？

行吧！回去我就將貓神像放在床頭，讓親愛的貓貓盯著我。

不只是瑪歌這麼想，其他神官也是盯著雕像，露出若有所思的表情。

「貓神是不是……」

「剛才是貓神的聲音？聽起來很有精神啊，哈哈、哈哈哈……」

戰神祭司，年近五十、身高足足有兩百一十八公分，氣勢強大、體型健壯，宛如高塔一樣的男子，此時笑得有些尷尬。

何止精神啊！感覺都要衝去找戰神打架了！其他祭司默默地吐槽。

「咳！或許是有誤會。」太陽神殿的祭司開口打圓場，「畢竟那位神官看起來就不像是戰神殿神官。」

「對對對！肯定是有誤會。」戰神殿祭司連連點頭附和，「說不定我家戰神只是看貓神這麼喜歡那位神官，就也跟著送她禮物，就像長輩送小輩禮物一樣嘛！正常、正常……」

「不過戰神好像沒有事先跟貓神說過？貓神似乎誤會了什麼？」婚姻殿祭司笑著說道：「有誤會最好快點澄清，否則……按照我看過那麼多的夫妻爭執案件，小誤會不解除，最後都會變成難以收拾的大誤會呢！」

這時，一直沒有說話的聖祭司開口了：「咳！回去後，各位祭司跟自家神明溝通一下，了解一下事情經過，要是真的吵架了，也請各位神明勸說一下。」

聖祭司說這話其實是想關注後續八卦，並不是擔心神明們打架。

創世神在沉睡之前將神國和人間分割開來，神明只能透過神池和自己的神像關注人間，或是在自己的生日和重大慶典時下凡間遊玩幾天，不能像以往那樣，隨隨便便就跑下人間玩耍，鬧騰出一堆事情來。

不過日子平淡了這麼久，難得出現神明打架的情況，祭司和神官們都想要關注後續結果。八卦之心，人皆有之。

「我會向太陽神稟報，請祂勸勸貓神和戰神。」太陽神殿祭司正經八百的說道，完全看不出他心底正在打著讓太陽神去看戲的小算盤。

豐收神殿祭司也跟著附和，「我也會請豐收神去看看。」這麼熱鬧的事情，豐收神殿祭司當然不會讓自家神明錯過。

「醫療神想必也會擔心，我向將這件事情上稟。」醫療神殿祭司一臉的悲天憫人，也給自家神明加上了觀眾的位置。

「智慧神有執筆紀錄的權責，也會去關注這件事。」語畢，智慧神殿祭司一本正經地執筆在紙上寫了幾行字。

《震驚！戰神竟然對貓神做出這種事！》

《兩神打架的起因竟然是因爲她！》

《意外突發！神界再一次掀起波瀾……》

唉……新聞的標題該怎麼下才會吸引人呢？

智慧神祭司又開心又頭疼地想著。

難得有這麼精彩刺激的神明打架事件，他竟然不能想出一個足夠吸引人的好標題！眞是失職啊！

根據《神界大事記》記載，世上第一份報紙和雜誌是由智慧神創造出來的。

智慧神熱烈地追求知識，這知識包括但不限於天文地理、人文史記，還有神明與神明之間發生的各種事情，智慧神可是神界第一（八卦）記者！

也因爲這樣，創世神便賜予祂紀錄歷史和觀察命運軌跡的權限。

智慧神殿的神官們自然繼承了智慧神的理念，在追求書籍上的知識的同時，他們也追求生活上的各種情報。

各國的報紙和雜誌就是由智慧神殿的神官創辦的，不管是正經嚴肅的新聞、血腥的戰線第一情報、紀實的社會關注、實用的生活小妙招，或是各家貴族的花邊趣聞和軼事，智慧神殿出產的各種報紙應有盡有。

不管是大事小事，就算只是某貴族走路時踩滑摔了一跤，他們也聽得津津有味，可以說智慧神殿對於各種八卦消息的熱情，就如同熊熊烈火，熾熱地燃燒著。

除了智慧神殿之外，民間也有各種小報，但是論起消息的準確性，眾人還是認爲智慧神殿的情報最爲精準。

智慧神殿，永遠奮戰在圍觀熱鬧的第一線！

第七章　戰神跟貓神搶小神官？

01

神國，戰神宮殿內。

戰神自岩漿中誕生，岩漿對祂來說猶如母親的懷抱，也是舒緩疲勞、治療傷口的最佳良藥，所以每當空閒時，戰神就喜歡泡在岩漿池子裡頭休息。

這一天，戰神一如往常地泡在岩漿池，身旁圍繞著一群由火焰和岩漿構成的火靈侍從，殷勤地爲祂按摩肩膀和端取食物餵食。

火靈侍從是戰神的造物，被歸類爲下級神明的存在，它們喜愛戰神、尊敬戰神、崇拜戰神，以伺候和聽從戰神號令爲生命宗旨，爲了陪伴在戰神身旁，它們私底下打過好幾場架，才確定了服侍戰神的侍從地位。

戰神和火靈侍從歲月靜好的畫面，被天外來的一聲吼叫聲破壞了。

「戰神！你這個混蛋！」

一道巨大的白影自天際直衝而下，「碰」的一聲撞進了岩漿池子。

戰神搶在對方撞到自己之前飛出岩漿池，火紅色的岩漿騰空而起，圍繞著戰神凝成一套輕便的戰鬥服裝。

上衣是火紅色的無袖背心，下身的黑色長褲帶著火焰圖案，黑色的岩塊變成護甲，護衛在胸口、脖頸和一些要害部位。

「蘭斯？你……」

戰神的話才剛出口，馬上就迎來一記巨大的貓爪，讓戰神不得不專心應戰。

「混蛋戰神！竟敢誘拐我的小神官！」

貓神氣憤地撓了祂一爪子。

「什麼？」

戰神狼狽閃避，滿臉茫然。

「還敢狡辯？我都看見了！」

貓神又朝他揮了一爪子，恨不得將戰神抓得滿臉開花。

「我沒……」

「沒什麼沒！你就是沒良心！居心不良！狡詐的壞心眼！」

「不……」

「嗷嗷嗷嗷！小神官是我的我的我的！」

暴怒的貓神完全聽不進戰神的解釋，氣憤地用兩隻爪子拚命撓抓。

別以爲貓神是創造神的「愛寵」就以爲祂的戰力微弱，事實上，貓神是創造神的第一個造物，是創造神投以最多精力和神力的存在，是諸神之中地位僅次於創造神的神明。

神力僅次於創世神的貓神，怎麼可能打不贏戰神？

別說戰神了，就算是諸神一同圍毆貓神，最後獲勝的也是貓神。

要不然，眾位神明怎麼可能會放任貓神在祂們的地盤來去自如，甚至是從祂們的寶庫中任意拿取東西呢？

還不就是打不過對方，只能當作沒看見嗎？

等到貓神毆打的滿意了、消氣的時候，戰神身上遍布貓爪痕跡，活像是被虐待的小可憐。

「我沒有搶你的小神官，也沒有送她東西！」

重新泡回岩漿池子的戰神，無視身上的傷口，滿臉無奈地說道。

「喵！還說沒有，我明明就看見了！那件戰鬥服上面還是火焰圖案！」

貓神氣得扯平了耳朵，尾巴一甩一甩地拍在岩壁上，留下一道道拍擊後的痕跡。

爲了證明祂說的是眞的，祂還用神力形成影像，將先前從神池那裡擷取到的畫面顯現出來。

「……」戰神看著那套戰鬥服裝，神情頗爲糾結。

「沒話說了吧！」貓神又生氣地撓了撓地面，把黑色的岩塊撓出幾道爪痕。

「你有沒有想過，這或許是神池出了錯，把我放在神池那裡的神賜隨機送給你的小神官？」

「什麼？」

「我已經很久沒有關注過祝禱日了，我都是讓神池自主替我判斷神官的情況，贈送神賜，只有在神池那裡儲存的神賜數量不足的時候，我才會派侍從去補貨。」

神明有著自己的權責、有自己負責的工作要忙，並不是所有節慶都會去關注，更何況是每個月都會舉辦的祝禱日。

戰神就是一個只參加大型慶典，不參與祝禱日的神明。

創世神製造的神池，本身具有靈智，於是一些想偷懶的神明，就會將自己對於神官的評選標準給神池，讓它經由這些條件挑選合格的神官，並將神明們儲存在神池空間的獎勵品賜給這些合格神官。

不同的神明會有不同的評分標準，戰神定下的標準是勇氣、鬥志、毅力，戰鬥力的提升、身體的鍛鍊、戰鬥意識等等與戰鬥相關的條件，非要說的話，瑪歌唯一達標的大概只有毅力這一項，但毅力是基礎分，只有這一項合格的神官，是不可能獲得戰神的神賜的。

所以戰神認爲，神池那邊出了錯是最有可能的情況。

「如果是我親自贈與的神賜，肯定會附帶我的神力和祝福，但是這套戰鬥服上並沒有任何屬性加成，很明顯就是我的手下從其他地方採購，直接丟到神池的垃圾、咳！賞賜……」

其實瑪歌獲得的戰鬥服沒有那麼不堪，那套戰鬥服不管是材質或是做工都是極好的，放在凡間屬於貴族訂製款的那種等級。

只是站在神明的立場，沒有用上特殊材料，沒有添加神文、陣圖，沒有神力加持的凡間服裝，對神明來說就是毫無用處的垃圾，就連身爲下等神明的侍從都不穿！

「……」貓神又仔細看了影像中的戰鬥服，發現眞是如同戰神所說得那樣，這套服裝就是垃圾！

「喵！混蛋神池！竟敢送垃圾給我的小神官！」

貓神再度氣得炸毛，整隻貓就像是一大團膨脹的白雲。

扭過身子，貓神衝進戰神殿的神池分池，經由分池的通道找神池本體算帳。

——具有靈智的神池主體安置於創世神殿之中，從主體分出的小神池則是分給各位主神，安放在祂們的宮殿裡頭。

作爲分身的小神池並沒有靈智，只是一個讓神明跟下界的神官溝通，贈送物品、觀看下界情況，以及讓神明存放神賜之物的便利工具。

本體神池和分身神池之間相互聯通，一些懶得飛行的神明也會經常經由分身神池跑去其他神明的宮殿串門。

貓神走後不久，其他神明陸續出現在戰神宮殿內，神情明顯透露出「我來看戲」的想法。

「聽說你看上了貓神的小神官？」太陽神一臉八卦地詢問。

「聽說你想要搶貓神的小神官？」智慧神拿出紙筆準備紀錄。

「聽說你想要強取豪奪貓神的小神官？」婚姻神一臉的不贊成。

「聽說……」

戰神聽到一堆歪七扭八的「聽說」，古銅色的臉龐瞬間黑了。

「看來大家都很清閒？正好我想找人切磋一下……」

戰神帶著猙獰的笑容從岩漿池子起身，先前被貓神抓出的傷口已經痊癒。

戰神宮殿內打得轟轟烈烈，而凡間的萬神殿也熱鬧紛紛。

02

萬神殿內部刊印的報紙發行了！

萬神殿內部的報紙一共有三個大類別：

第一種是記載萬神殿各種重要事項和重要消息的《萬神殿殿報》，這份報紙不定期發行，主要是發布各項新措施，各種節日、祭典和活動的行程安排，神官的升遷和調動，表揚神官的優秀事蹟，以及跟整座神殿神官有關的各種零碎事項。

第二種是各主殿自己發行的小報，用來發布主殿對內的消息宣導和殿內趣聞，是供應給自家神官觀看的。

最後一種就是由智慧神殿發行的《神官生活日報》，這報紙是份大報，底下設有各種副刊，像是《趣味生活》、《文學副刊》、《娛樂消息》、《學習》、《詩詞文章》、《旅遊》等等，有正經八百的新聞，也有趣味性十足的各種小道八卦，還有神官們提供的各種生活小常識和小妙招。

報紙上的文章除了由智慧神殿的神官撰寫之外，也接受其他神殿神官投稿，過稿的神官能夠拿到一筆稿費，金額不多，也就五銀幣到五十銀幣之間，但也算是給自己賺點零用錢。

貓神和戰神在祝禱日這天搶人的新聞就出現在《神官生活日報》的頭條版面和

各種副刊上。

標題爲《戰神挖貓神牆角？兩神相爭竟是爲了她？》的新聞報導足足占了半個版面，版面上還有一張薄如照片但影像卻是動態的水晶畫片。

拍攝者原先的目的是想要拍攝瑪歌和其他神官獲得的神賜數量，用來寫一篇關於神賜數量競爭的報導，卻沒想到拍攝到更精彩的畫面，所以報導主題就更換了。

影像是從瑪歌獲取神賜的開頭就在錄製，直到後面瑪歌獲得疑似戰神賜下的戰鬥服，而後是貓神憤怒的叫罵和用貓掌印蓋住火焰圖案，最後以眾人的嘩然聲終結。

新聞內容先是簡單地描述了事件的前因後果，將神賜競爭和智慧神殿開的賭盤都說了，而後用大段的文字描寫瑪歌收到的神賜和那身疑似戰神送的戰鬥服裝，再用生動的文筆寫了貓神的氣憤和霸道的占有慾。

該篇新聞的文字記者甚至還逗趣地猜想貓神的心態，將一隻生氣的暴嬌貓神描述得靈活生動，可愛至極！

文章結尾處，記者猜想了一下瑪歌的未來發展，並猜想她日後會不會跳槽到戰神殿？

這篇新聞的下方是一篇以智慧神殿的賭盤爲主題的報導，標題是《本次祝禱日的神賜獲勝者》，內文開頭先是提到被看好的各殿熱門選手，其中又以太陽神殿的神官被認爲會收到最多的神賜，之後又逐一介紹各個選手的下注賠率和押他們獲勝的人數。

瑪歌在一干熱門人選中的排名是第九名，一個不上不下的位置，這還是因爲她之前獲得了不少神賜和神明關注，這才有的排名，否則像她這種才剛成爲神官不到一年的新人，是不會被列入排名之中的。

雖然不是明文定下的規矩，但是按照過往的慣例，能夠拿到神賜之物的神官，一般都是當了一兩年、兩三年神官的人，剛轉成正職的新人幾乎都沒能獲得神賜。數百年來的記載中，也只有那麼幾位神官能得這樣的殊榮。

而這幾位神官，日後的發展也都很不錯，在歷史記載中留下了不少璀璨事蹟。

說起來，瑪歌也是幸運的。

因爲「新人幾乎沒能獲得神賜」的慣例，加上祝禱日的名額就那麼多，所以剛入職的新人通常不會被選中參加祝禱日。

十大主神殿中，唯有貓神殿是例外。

貓神殿的神官人數少，神官們的性格也不錯，雖然有著各種小缺點和各自的小算計，不過這是人之常情，只要不是那種心胸狹窄、陰險狡詐、背後捅刀的卑鄙小人就行。

神官們相處的氛圍不錯，再加上前輩們定下「所有人輪流去祝禱日」的好規矩，瑪歌才能在進入貓神殿不到一年的時間就參與了祝禱日，還沒有引起同殿其他人眼紅。

反正參加次數大家都一樣，大家都輪得到，只是瑪歌比較早而已，沒必要爲了先後順序鬧事，那樣太不體面了。

瑪歌面前堆了好幾份報紙，每一份報紙上都有她的報導和照片，她無奈地輕嘆一聲。

還好這個世界的娛樂化程度並不嚴重，新聞執筆人都還保留著底限，即使內容都有些誇張並加上了自己的猜想，但也不像現代的媒體總愛胡亂編造，一分虛假誇大成十分，一副唯恐天下不亂的模樣。

不過也有可能是因為，執筆人和當事者都是萬神殿的「同事」，害怕寫得過分了，當事者直接上門來個真人格鬥，這才在下筆時收留幾分。

「哈哈哈哈智慧神殿現在開了新賭盤，賭『貓神會在戰神身上留下幾道爪痕？』哈哈哈嘎嘎嘎嘎……」

凱莉坐在瑪歌身邊看報紙，笑得「哈哈哈嘎嘎嘎嘎」的，活像是鴨子的叫聲。

「這篇報導說的是妳會不會跳槽到戰神殿去？」安妮指著另一篇報導微笑著說道。

「不去、不去。」

想到戰神殿艱辛刻苦的訓練方式，瑪歌嚇得連連搖頭。

「我最愛貓神了，我只想留在貓神殿裡。」

「不去也是好的，戰神殿的訓練真是……嘖嘖！能撐下去的都是狠人！」凱莉做了一個瑟瑟發抖的模樣。

「戰神殿神官一早就要起床做早操，包括跑步一千公尺、伏地挺身一百下、仰臥起坐一百下、蛙跳一百下、揮拳一百次、踢腿一百次……」

安妮裝作不經意地說起戰神殿的訓練行程。

「做完一系列的運動後，才是早餐時間，早餐過後休息一下，在中午之前又會進行一輪的訓練，午餐過後睡個午覺，下午又是一輪格鬥訓練，我聽說就連騎士都沒有戰神殿的鍛鍊辛苦。」

「他們做那麼多訓練，不是會全身痠痛嗎？這樣怎麼還能訓練下去？」瑪歌訝異地詢問。

「這個我知道！」凱莉興沖沖地接口，「戰神殿有消除疲勞、恢復體力的療癒溫泉，覺得體力吃不消、身體痠痛疲憊的人可以去泡溫泉。我之前曾經去泡過一回，效果真的很好。」

「戰神殿的溫泉還會對外開放啊？」

瑪歌有些心動，天氣這麼冷，她也想去泡泡溫泉。

「平時不對外開放，只有新年節慶和戰神生日這兩個節日會開放七天。」凱莉回道。

「只有七天……足夠那麼多人泡溫泉嗎？」瑪歌很是懷疑。

按照這個國家對於神明的熱烈信仰，戰神殿的溫泉池一旦對外開放，肯定是人山人海、人擠人，說不定溫泉池子會被泡到沒水呢！

「戰神殿的溫泉池很多，一共劃分成五個區域，萬神殿內部是一區，二區和三區是給王室、貴族和官員的，我們泡四區和五區。」凱莉詳細地解說道：「第一天是王室專屬，第二天是大貴族和左、右宰相、執政官、元帥等高級官員，之後就是按照身分階級往下排序……」

瑪歌注意到，凱莉講述的人之中，只有王室、貴族和官員，沒有一般百姓的位置。

「沒有對一般民眾開放嗎？」她確認地追問。

「沒有，要是開放給百姓浸泡，那池子不就被擠爆了嗎？」

凱莉想像了一下那樣的場景，頓時驚恐得瞪大雙眼。

「不過戰神殿會在戰神生日當天舉辦灑水慶典。」凱莉又補充說道：「在慶典這天，神官會先請戰神賜福溫泉水，再將泉水灑向民眾……」

「要是不想等那麼久，可以選修戰神殿的課程。」安妮插嘴說道。

「對、對！明年春季妳們就要開始上課了。」凱莉拍著手附和，「除了主修課程之外，還有要去各神殿上課的選修課程，戰神殿每年都會開設鍛鍊相關的選修課，妳要是選了戰神殿的課程，等到訓練完畢後，他們就會帶妳去泡溫泉了。」

「每個神殿都會開課嗎？那我們貓神殿是什麼課程？」

「貓貓愛護課！」凱莉笑嘻嘻的回道：「就是陪貓咪玩耍、替牠們梳毛、洗澡、製作貓咪喜歡的玩具給牠們的課程……」

「還有教導貓咪要是生病、受傷了，該怎麼爲牠醫治，該怎麼爲貓咪準備食物？了解貓咪的生活習性等等。」安妮補充說道。

簡言之，就是貓神殿神官們的日常工作內容。

「不過神官不能夠選擇自家神殿的選修課，所以妳還是先想想要學什麼吧！」凱莉提醒道。

「在開始上課之前，妳們會先拿到一份課表，裡面有各個課程的介紹，主課程是必修的，選修課程就看妳自己的時間安排，要是時間不衝突，妳想要全部學也都可以。」

聽起來這學習課程就跟大學上課差不多……

瑪歌對明年的課程開始期盼起來。

03

在遊戲《信仰樂章：萌萌心動》之中，玩家成爲正式神官以後就立刻有課程相關的行程安排，而不是像瑪歌這樣，成爲正式神官大半年以後才要上課。

後來瑪歌在年底時看見年末的報紙，才明白原因。

「《各神殿新入職神官轉換神殿名單》……入職後還能換神殿？」

瑪歌看著新聞內容上紀錄的一連串名字，頗爲訝異。

「很正常啊，有些人進入神殿後，發現自己並不適應神殿，就會主動申請調職……」凱莉用理所當然的語氣回道：「也有一些人是被上屬神官認爲不適合待在神殿裡頭，開會討論後決定將他們調走或是辭退的。」

被調走的神官是本身品行好、學習態度也好，只是他們不適合該神殿，負責觀察的上屬神官就會讓他們轉去適合他們的神殿，而辭退的情況就嚴重了，被辭退的神官肯定是犯了重大錯誤，被認爲不適合繼續擔任神官一職，這才把人給踢出去。

貓神殿也有人離開，不過不是新進人員，而是一位大神官和一位執事神官要離職。

大神官是因爲年事已高，不適合再繼續神殿的工作，而他的家人也想讓老人家休息，這才申請退休。

執事神官則是因爲丈夫要到另一座城市擔任城主一職，執事神官也要跟著丈夫離去，所以申請轉職，轉移到那座城市的分神殿繼續當神官。

從萬神殿跑去其他城市的分殿，即使職位一樣，分神殿的神官地位也比萬神殿神官略低半級。

考慮到這位執事神官待在貓神殿將近十年，一直都是盡心盡力的工作，祭司便在開會討論後，將她提升爲分神殿的大神官，算是感謝她爲貓神殿的辛勞。

兩位神官走了，他們空下的位置便由下級神官補上，層層遞補之後，執事神官便空出兩個位置。

經過遴選，安妮晉升成執事神官，職稱是「交誼執事」，意思是「結交友誼」，是一個類似「外交官」的職位，主要工作內容是：

對內：代表貓神殿跟其他主神殿聯繫往來，舉辦各式各樣聯繫感情的小活動。

對外：代表貓神殿跟王室、貴族、大臣以及各行各業的人聯繫，建立情誼，往後若是貓神殿舉行活動，需要物力、財力和各種資源協助，這些人便是最好的募捐名單。

原本空缺的職位並不是交誼執事，只是原本的交誼執事的背景不夠強大，募捐時經常被貴族們刁難，她覺得自己擔任不了交誼執事的工作，自動申請調到圖書館管理的職位上，交誼執事就才換成家世背景更加強大的安妮上位。

安妮正式上任的時間是明年的一月，也就是說，安妮的空閒時間只剩下冬季尾端的半個多月，新年過後就要開始忙碌起來了。

處理這些事情當然不可能讓安妮一個人去做，她需要幫手。

根據萬神殿的規矩，執事神官可以擁有兩位副手，人選可以從神官同僚中選取，也可以從萬神殿的「侍官」中選擇。

侍官是專門為神官跑腿、處理各種雜事的副手，他們具有一定的知識水準，地位比神官低一等，但是比僕人的身分高，類似於幕僚、助理的性質。

安妮從侍官名單中選擇了一名男性侍官，讓他負責對外處理各項雜事和交際應酬，另一個名額則是由凱莉擔任。

即使成為副手，凱莉的神官頭銜依舊沒有變動，薪水則是比一般神官多出五金幣，而且在個人檔案上也會記上一筆，日後要是有職位空缺，副手的經驗就是她的資歷優勢。

瑪歌原本以為，凱莉從同事變成助理，心裡應該會有些彆扭，還想著該怎麼勸解她。

結果凱莉卻是開心地拉著瑪歌喝下午茶，整個人激動得不得了。

「啊啊啊啊我真是太幸運了，竟然能夠成為安妮執事的副手！該不會是幸運神剛好經過，摸了我的頭？我家人聽說我被安妮選中，全都好高興……」

聽完凱莉的解釋後，瑪歌才知道，凱莉的家裡是商人家庭，雖然富有，但是沒有權勢，隨便一個小貴族都能踩他們一腳，家裡經營生意的收入，有一半都需要貢獻給來敲詐的混蛋貴族。

現在她成了安妮的副手，相當於她的家族依附上安妮的家族勢力，家族有了靠山就不怕被欺負了，對他們來說是求之不得的好事，又怎麼會覺得不適應呢？

了解情況後，瑪歌只能感慨一句：我對這個世界的了解還是不夠深啊……

「其實我覺得，安妮是想要讓妳當她的副手的，不過因爲妳明年要學習各種課程，所以她才找了我。」

「安妮會選擇妳，肯定是認爲妳適合，妳不要妄自菲薄……」

「不不不，我自己知道自己有幾斤幾兩，我眞的沒有那麼好，這次眞的是我運氣好！」凱莉非常誠懇且認眞的回道。

「……妳倒也不用說得這麼眞摯。」瑪歌被逗樂了。

「哈哈哈我的優點就是誠懇。」凱莉也跟著大笑。

「這個優點不錯，繼續保持。」瑪歌稱讚了一句，而後轉移話題，「明年要學習的課程很多嗎？我只聽說要學習道具的製作。」

「可多了！光是學習神文、陣圖的書籍就有厚厚的幾十大本！《材料學》的書籍又是好幾大本……」

凱莉雙手比劃出如同百科全書一樣厚重的書籍模樣。

「要了解各種材料的墨水運用，各個神文和陣圖之間的調和跟排斥關係，神文、陣圖跟墨水材料的相容性，會互相排斥的神文跟陣圖不能放在一起，不同的神明傳承有不同的道具製作手法……」

回想起當時每天起床就要背誦神文、陣圖和材料等資料，上課還會經常被抽查和考試的模樣，凱莉仍然心有餘悸。

「我那時候學到後來，每天晚上都在棉被裡哭，要學習的東西眞的太多了！在我成爲神官之前我跟隨家庭教師學習過五年，五年的課業加起來都沒有那年要背的書籍多！」

「……」

瑪歌默默地回想她在教學殿堂裡頭學習到的東西，書籍確實很厚重，不過似乎也沒有凱莉說得那麼辛苦啊……是因爲她現在學得都是基礎，所以才會覺得簡單？

「如果沒有學會……會被趕出神殿嗎？」瑪歌不安地詢問。

「不會，沒那麼嚴重。」凱莉發現自己嚇到瑪歌，連連搖頭澄清，「我的結業考試只有基礎道具製作合格，其他的進階考試都沒通過，我還是好好的待在神殿裡啊！」她用自己當例子舉例，安慰瑪歌。

「不過要是妳的學習不錯，還是努力去學，通過進階考試。」

凱莉神情真摯地勸說，她認爲瑪歌的未來光明、前程遠大，又有神明的另眼相待，要是卡在學習這一關，那眞的太可惜了！

「通過進階考試，升遷的機會就會比較高，執事他們也才會對妳予以重任，像我這樣只有基礎考試通過的，沒有其他機遇的話，就只能當一個普通神官……」

凱莉本來都已經認命，覺得自己會這樣當一個底層神官一輩子，沒想到事情會峰迴路轉，竟然讓她成爲安妮的副手！這樣一來，她在家裡的話語權增加，不用擔心要被家人嫁給不喜歡的男人。

「所以說，安妮執事選我擔任她的副手，我眞的眞的很感激！成爲副手以後，我就能夠掌握自己的未來……」凱莉雙手捧在心口，臉頰因爲激動而泛紅，水光在眼眶中閃動。

瑪歌張了張嘴，才想開口安慰，凱莉又很快的自我調節好了。

「其實我家人對我很好，他們也不想……只是他們只是商人，沒辦法違抗那些貴族的命令。」凱莉說著說著，用手抹去眼裡的淚水，又開心的笑了。

「之前威脅我父親、打壓我家裡的生意，要逼我嫁給他們家傻兒子的貴族，前幾日還送禮物到我家，跟我父親說以前說得結親都是玩笑話，還說想跟我家合作……呵！」凱莉冷笑一聲，對於那位小貴族的態度相當鄙夷。

「算了，不說那些討厭的人。」凱莉擺擺手，又將話題拉回，「道具製作很重要，製作出的道具可以交給萬神殿換取『貢獻值』，也可以賣給外面的商人賺錢……」

凱莉雖然做不了那些高階道具，可是她的基礎道具做的很不錯，每個月都能賺上將近三十金幣，即使她家裡是富商，她又是家裡寵愛的女兒，一個月的零用錢也只有五金幣，道具的收入可以說是一筆鉅款了！

「對了，萬神殿的貢獻值很重要！比金錢還要重要！」凱莉瞪大眼睛，非常認眞的對瑪歌叮囑道。

「妳可以用它向萬神殿購買想要的材料、書籍、特殊服裝、更高階的道具，甚至是黃金級匠人製作的頂尖工藝品！這些都是萬神殿才有的，外面的人想買都買不到！」

凱莉從口袋裡拿出一個巴掌大小的手提包，展示給瑪歌看。

「這個包包就是我用三百貢獻點買到的，雖然不是黃金級匠人的作品，但也是高級匠人製作的精品！裡面嵌入了『擴大空間』和『輕盈』效果的道具，可以放入很多東西，而且不會沉重！非常輕巧！」

瑪歌接過手，掂了掂手提包的重量，確實很輕巧，差不多就是一條手帕的重量而已。

「要是有人想要跟妳買貢獻點，千萬不要賣！」凱莉又提出另一個注意事項，「神殿不限制神官私底下買賣貢獻點，但是神殿本身並不販售貢獻點！想要得到貢獻點就只能用道具兌換或是去接神殿發布的任務。」

「貢獻點多的任務都很難做，而且大部分都是要離開神殿去其他城市甚至是其他國家的！道具兌換的貢獻點也不多，一件基礎道具只能兌換五點到十五點，我爲了買這個包包存了好久……」凱莉珍惜地摸了摸手提包，而後將它放回口袋。

明白明年開春以後的課程有多麼重要以後，瑪歌越來越期盼上課了。

04

萬神殿的課程還沒開始，不過瑪歌可以先在學習殿堂進行學習。

目前的她已經學完了神文和陣圖，緊接著要學得是材料方面的知識。

「材料也太難了吧……」瑪歌頹廢地趴在桌上哀號。

雖然戴恩老師已經整理歸納出一套標準流程，只要記住幾套通用公式、材料特性外加一些異常狀態的材料即可，可是……

「這些要記的材料也太多了！」瑪歌用腦袋輕輕地撞擊桌面，看看能不能將自己撞得聰明一點。

她覺得自己像是在背《植物百科》、《動物百科》跟《礦物百科》！

被迷霧遮蓋住臉龐的戴恩老師笑了，他並沒有因爲瑪歌的牢騷生氣，反而以溫和的嗓音給出建議。

「光看圖片介紹，或許不容易記住，妳可以考慮到現場觀看實物。」

「欸？這裡有材料給我看嗎？」瑪歌抬起頭，表情有些迷糊。

「時空門是一個很便利的外出工具。」戴恩老師意有所指地建議道。

「會不會很危險？」瑪歌記得，在玩遊戲時，玩家去收集特殊材料可是要經歷一番「戰鬥」的！

雖然遊戲裡頭的戰鬥只是「換裝模式」，只要按照要求，搭配出一套屬性數值達到要求的服裝即可，可是誰知道現實中會是什麼模樣呢？

「妳身上有貓神的庇護，只要不去主動招惹荒獸，就不會遇到危險。」戴恩老師語氣溫和的回道。

「那我要是遇到危險，呼叫貓神，貓神會出現嗎？」瑪歌好奇地追問。

「如果祂願意，妳會見到祂。」

「……眞的？」

瑪歌現在的心情有些複雜，一方面她沒見過貓神，不認爲眞有神明存在，另一方面又很想見到貓神，她想看看這位創造神最寵愛的貓神長什麼模樣？是仙氣飄飄的氣質貓？還是威武霸氣的王者貓？又或是可愛又黏人的撒嬌貓？還是活潑調皮、像是貓中狗狗的二哈貓？

身爲貓控的瑪歌眞是很好奇啊！

「貓神是世間獨一無二的造物，是創世神最愛的寵兒，沒有人會不喜歡祂。」戴恩老師似乎看出了瑪歌的心思，笑著說道。

「眞希望可以快點看見貓神。」瑪歌被勾起了強烈地好奇心，又突發奇想的問：「時空門可以讓我跑去神國嗎？」

「妳可以試試。」

「普通人在神國可以生存嗎？能呼吸嗎？能在雲層上行走嗎？」

「可以。以往神國跟人間還沒分隔開時，諸神會邀請人間的國王和英雄前往神國參加宴會。」

「那爲什麼創世神要將神國和人間分開？」

「神跟人距離太近，容易引發事端。」戴恩老師用一貫的溫和語調說明道：「以往就有不少奢望成爲神明的人，使用各種計謀爭取神明的喜愛，希望神明可以將他們提拔成爲神侍，甚至是晉封爲下位神明，還有想要利用神明殲滅他國，甚至有自己不事生產只想要神明養他的……」

想起那段時期的烏煙瘴氣，戴恩老師不免在心底嘆了一口氣。

人心啊，一旦有欲望，那眞是會變得難以捉摸。

戴恩老師並不認爲擁有欲望和野心是一件不好的事，相反地，他認爲這是一種激勵人向上的動力。

只是人心一旦迷失，或是被欲望蒙蔽，造成的後果可眞是……所以創世神就將人間和神界隔開了。

祂想要讓凡人學會自我成長，不要一味依賴神明，如果人類還是一如往常、不知進取，那祂會考慮來一次大清洗，全部從頭再來。

「老師，學習殿堂有戰鬥方面的課程嗎？」

瑪歌不清楚戴恩老師在想些什麼，她的思緒依舊停留在探索時空門這件事情上，思考過後，她覺得還是先將自己的武力值提高，再去實驗時空門。

不求能夠打贏對方，但是至少要能夠逃走！

「有。」戴恩老師看出了她的想法，輕笑一聲。「基礎的訓練課程是五千點，內容有提升身體屬性的基礎訓練加上徒手格鬥和匕首使用教學。如果想要追加武器的學習，按照武器的類別，需要加價三千點到三萬點的勤勞值。」

「……好貴。」瑪歌心疼的摀緊自家不多的勤勞值。

「其實並不貴，妳不是剛好可以支付嗎？」戴恩老師調皮地對她眨眨眼。

「戴恩老師，你一直在盯著我的勤勞值嗎？」瑪歌目光幽幽地看著他。

戴恩老師也沒有否認，笑著回道：「勤勞值放在那邊也不會生出利息，賺了勤勞值就是要花的啊……」

「我可以存著去抽卡。」或者說，瑪歌存勤勞值的目的就是爲了抽卡。

「哎呀！花了再賺就行了，再說了，妳學習新的技能和知識也能獲得勤勞值，花出去的很快就會賺回來，怕什麼？」

戴恩老師化身爲金牌銷售員，殷勤地爲瑪歌介紹鍛鍊課程和高額定價的原因。

「基礎是相當重要的，只要基礎打好了，往後學什麼都會很容易。基礎課程並不是像外面那種單一流程、像是套模板一樣完全不在意妳的資質和優勢的教學，而是爲妳量身訂做、分析妳的天賦資質、優勢和劣勢，規劃出最適合妳的專業培訓課程！」

「而且還是一對一教學！有什麼疑問當場就能問，出現問題也可以立刻修改……」

「等妳訓練完畢，離開學習殿堂以後，精神和身體的疲勞還會自動消除，不像在外界，妳還需要泡溫泉、往身上塗抹藥膏、按摩來舒緩肌肉痠痛，而且那些痠痛並不會很快消失，而是會持續到隔天，並且影響到妳第二天的鍛鍊……」

「不要說了……」瑪歌痛苦的摀住耳朵，光是想像就知道那場景有多麼難受。

而她也知道戴恩老師說得都是事實，誰沒有運動過度而導致好幾天都處於肌肉酸疼狀態的時候呢？

最後，在戴恩老師的鼓吹和煽動之下，瑪歌還是花光了積攢的勤勞值，開啓了基礎鍛鍊課程。

基礎訓練課程的老師依舊是臉上蒙著迷霧的戴恩老師。

「該不會所有課程的戴恩老師都是你吧？」瑪歌懷疑地詢問。

「這樣不好嗎？」戴恩老師笑著反問。

「我是沒關係，不過你這樣也太累了吧？感覺像是領一份薪水卻做好多份工作，公司還不給加薪的可憐社畜。」曾經同爲社畜上班族的瑪歌，對戴恩老師很是同情。

「還好，反正只是一對一教學，妳的學習能力也算不錯，不累。」戴恩老師語氣溫和的回道。

「謝謝戴恩老師誇獎。」不管是不是誇獎，瑪歌都當成是誇獎了。

「好了，開始上課。」戴恩老師抬手拍了兩下，瑪歌面前出現一個漂浮著的淺藍色螢幕。

螢幕上顯示著瑪歌的身體屬性，包括靈性、智力、體力、耐力、敏捷等數值。

靈性的數值最高，足足有八十八，智力是六十三，體力、耐力等身體方面的數值在三十三到四十五之間。

「請問戴恩老師，數值的滿值是多少？一般人的正常水準又是多少？」

「滿值是一百，正常人的身體屬性介於三十到四十之間，低於三十就是不健康的狀態，高於四十屬於戰士的基礎水準。」

瑪歌又看了幾眼自己的數值，確定自己屬於正常人的健康狀態後，又問起了沒有被提到的靈性數值。

第八章　瑪歌升職了！

01

「老師，靈性是什麼？」

「靈性是跟神明溝通的屬性，大多數人的靈性都在零到五之間，靈性達到十的人都有資格被選爲神官。」

不過也只是有資格而已，神明看不看得上、會不會選他，那又是另一道關卡。

「靈性高的人，在學習神文、陣圖、製作道具和各種跟神界相關的知識，也會比其他靈性低的人優秀……」

神明的文字並不是一般文字，唯有具有靈性的人才能解讀，假設有一篇一百個字的神文，瑪歌的靈性是八十八，她可能可以解讀出八十幾個神文，而靈性只有十的人，很有可能只解讀出六、七個神文字。

「靈性低的人，應該可以靠著死記硬背把神文記下來吧？」

瑪歌聯想到凱莉說她不擅長學習神文一事，有些好奇。

她原本以爲凱莉只是說得誇張，實際上還是有將神文記住的，不然她那些道具是怎麼製作出來的？

不過現在看來，好像不是這樣……

「用妳可以理解的話來說，神文的學習概念就像學習數學一樣，理解不了，就是學不會，死記硬背是沒用的。」

「但是道具……」

「基礎道具是通用模組，架構是固定的，製作者可以靠著不斷練習學會製作方式，就像妳考試之前不斷重複練習考試要考的題型一樣，但是更高階的道具需要自己規劃設計，就像是讓妳自行解出一個沒學習過、沒有圈定範圍的數學題，妳要是沒能理解這道題，沒有理解它的概念，那就完全解不出來。」

聽完解釋，瑪歌明白了。

她一開始將神文學習當成是背誦課文，認爲只要不斷背誦、總能記下來，但是如果將學習神文的概念轉換成學習數學，那她就明白爲什麼老師會說「學不會的人就是學不會」了。

數學這東西，妳要是學習的時候不能理解，那不管刷多少題，都還是學不會。

刷題能記住的只有題型，稍微變換一下就又是一道陌生題了！

想起學生時期被數學重創的自己，瑪歌心有餘悸地打了個寒顫。

「今天是第一天訓練，課程就簡單一些。」戴恩老師開口說道：「妳先做個熱身運動，然後再輕鬆地跑個步。」

聽到第一堂課只是輕鬆的課程，瑪歌原先有些忐忑的心情放鬆了。

她聽話地做了伸展操熱身，將全身筋骨都拉開並讓身體暖和起來，也好應對接下來的訓練。

等到她熱身完畢，戴恩老師抬手一揮，原本空蕩蕩的空間出現了百花盛開的花園、顏色繽紛絢麗的落羽松樹林和如鏡如畫的湖泊，一條蜿蜒又寬敞的跑道從中橫過這些景物，更遠處是湛藍的天空和起伏的山丘。

「單純的跑步太無聊了，我做了一些布置。」戴恩老師解釋道。

「謝謝老師！」瑪歌喜孜孜地道謝。

光是看著，她都能想像出在美景環繞的路線慢跑的模樣。

那一定十分愜意吧！

瑪歌沿著道路開始慢跑，她穿著平常穿的休閒鞋，沒有特地換上跑步專用鞋子，但是腳底下傳來的觸感很舒適，讓她跑得很輕快。

等她慢悠悠地跑完一圈之後，戴恩老師開口了。

「看來妳已經適應環境了，接下來我們加一些有趣的設計。」

「有趣？」瑪歌困惑的看著戴恩老師，不明白跑步還能添加什麼「有趣」的元素，難道是要她一邊跑、一邊唱歌或跳舞？

只見戴恩老師一彈指，一隻猩紅眼睛、血盆大口、嘴裡的尖牙暴凸、渾身如同一團黑霧並且具有多隻觸手的怪物出現。

「……老、老師？」瑪歌不可置信的瞪大雙眼，這是在做什麼呢？難道是想要讓這隻怪物追她？

「猜測正確。」戴恩老師微笑回道：「這隻荒獸名爲『黑帕』，以恐懼爲食，牠喜歡在黑夜裡追逐人類，用怪聲和觸手嚇唬人類。妳可要小心一些，別讓牠追上了。」

「老師，我們能不用怪物嗎？」瑪歌嚇得有些腿軟。

戴恩老師搖了搖手指，回道：「不行，有危險才能夠激發出妳的潛能、了解妳的底限。」

不給瑪歌再度開口的機會，戴恩老師揮了揮手指，瑪歌的身體就不由自主地動了起來，在跑道上開始奔跑。

「先讓妳跑一分鐘，一分鐘後黑帕會開始追妳。」

「老師，一分鐘太短了！」

「再囉唆就只給妳十秒鐘。」

「啊啊啊啊……」眼見沒辦法說服冷酷無情的戴恩老師放水，瑪歌慘叫一聲，隨即加快速度往前狂奔。

一分鐘一到，被無形力量禁錮著的黑帕就獲得自由，朝著瑪歌追了上去。

瑪歌沒有回頭往後看，但是她能夠感受到從後方緊逼而來的壓力和逐漸靠近的腳步聲與呼吸聲。

「啊啊啊啊啊……」

用著只有先前一半的時間，瑪歌渾身傷痕累累又氣喘吁吁地回歸，而荒獸黑帕也在她回到終點時自動消失了。

「呼、呼、老、老師……這訓練一點也不輕鬆！」

誰家正經的老師會用怪物訓練學生？

「妳不覺得這樣的訓練很有效果嗎？」戴恩老師笑著反問：「妳剛才的速度底第一圈快很多，而且還學會閃避黑帕的攻擊，非常不錯。」

「我剛才都快死了！」

「放心，在學習殿堂裡頭，妳是死不了的。」

「死不了就死命地練是吧？」瑪歌冷笑著吐槽。

「妳想這麼做，我也不反對。」

「嗚……老師你沒良心！你不是人！」

瑪歌趴在地上，淚眼汪汪的控訴。

「我本來就不是人。」戴恩老師回得坦然。

他抬手一揮，瑪歌身上的傷勢隨即痊癒，沒等瑪歌感激，他又接著說道：「休息十分鐘再繼續訓練。」

「……老師，求求你，當個人吧！」

不管瑪歌怎麼哀號，讓她痛苦萬分的訓練依舊展開了。

唯一能讓她有些慰藉的是，訓練課程給予的勤勞點可眞多，完成一個小項目、小挑戰就能拿三千、五千點呢！

爲了這些勤勞值，瑪歌拚了！

萬神殿的迎春餐會在新年開春第一天舉辦。

以瑪歌前世的情況來說，迎春餐會這一天就是新年，前一天是除夕，通常瑪歌會跟朋友一起參加去跨年表演，或是一邊看電視節目、一邊在聊天群中聊天，歌手載歌載舞地表演陪伴著她跨年。

倒數跨年完畢，她會跟其他的夜貓子玩遊戲、聊天、刷劇、看綜藝……做各種事情打發時間，一起迎接新年的日出，最後再以香噴噴、熱騰騰的早餐收尾，然後就是躺在床上睡的昏天暗地。

而在聖泰希這裡，同樣有著跨年活動。

貴族們會在除夕這一天舉辦餐會和舞會，抓緊冬季社交的尾聲——儘管之後還有夏季社交舞會，但是貴族相對於炎熱的夏天，還是更加喜歡冬天。

平民百姓就是在家裡吃一頓豐盛的大餐，然後一家人到白日的市集或是夜晚的夜市逛街購物，觀看街頭雜耍、馬戲團和民間舞者的表演，度過快樂的一天。

萬神殿這裡也有相對應的除夕慶祝活動，各神殿會拿出自家擅長的項目，展示給神明和同事們看。

工匠神殿的匠人們會將自己這一年中最出色的作品陳列在萬神殿內部，琳瑯滿目、猶如藝術品的出色工藝品讓瑪歌看得連連驚嘆，非常想要買下幾樣放在房間！

美神殿神官在萬神殿向神明獻上打磨一年的優秀舞蹈和歌舞劇演出，配合得宜的燈光和美麗的布景、絢麗的特效，精緻程度眞的不輸瑪歌前世看過的大型演出。

戰神殿會在廣場上表演精湛的雙人格鬥、團體戰鬥，以及如同炫技一樣的馬術和射擊表演，充分展現出獨屬於戰神殿的力與美。

智慧神殿則是將這一年各神殿的新聞事件跟最好的詩詞文集和繪畫作品匯總起來，發表成冊，這些書籍是會對神官同事販售的，所以瑪歌也買了幾本她喜歡的畫冊和文集。

跟民間的遊玩活動比起來，萬神殿的除夕活動更像是年度總結和年度成果發表，是集結了一整年精華的匯總。

貓神殿展出的是一堆貓咪玩具和用羊毛氈貓咪。

這羊毛氈是瑪歌推廣的，她前世從網路教學影片中學習到幾種造型簡單的物品，前段時間閒暇無事，就將羊毛氈製作技巧教給貓神殿其他人，結果貓神殿的人個個心靈手巧，除了各種動物造型之外，還有人製作出人偶造型、貓神殿模型以及各種精緻的造景，堪稱巧奪天工！

瑪歌在攤位上待了半天，就收穫了一百多張羊毛氈娃娃訂購單和一筆豐厚的訂金，讓貓神殿中擅長製作羊毛氈的神官大賺一筆！

爲了除夕這一天的活動，神官們從半個月前就開始忙碌，布置場地、安排表演順序、安排餐點、規劃邀請來賓的人數座次……

國王和王后是必須要邀請的，之後就是各大貴族和大臣，人數不多，連同他們的家眷也不超過百人。

萬神殿的活動是從中午開始，大家一同享用大廚精心烹飪的餐點，下午就是觀看作品展示和歌舞演出，之後來賓們就會離開，繼續去參加其他貴族的晚會、舞會和宴會等活動。

而神官們則是將自己打理乾淨，早早上床休息，並且在隔天太陽還沒升起的凌晨四點醒來，進行新年第一天的迎春儀式。

在美麗的日出景色中，神官們齊聚萬神殿，莊嚴肅穆地向神明進行新年大祭禮。

大祭禮完成後，緊接著便是忙碌中午的迎春餐會了。

國王和王后同樣出現在迎春餐會的場合，瑪歌從安妮口中得知，除夕和迎春這兩日是他們最辛苦的時候，因為除夕當天，王室同樣也需要進行年度總結，這對王室第一夫妻在天還沒亮的時候就要起床準備，用過早餐後，國王跟大臣們開會，王后則是跟大臣的家眷開茶會，向家眷們表現出王室的器重。

中午和下午則是萬神殿的吃飯和參觀行程，從萬神殿離開後，他們又要馬不停蹄地出席幾場大型的晚宴和舞會，並且陪著這些貴族們在舞會上跨年，鄰近天亮時才能睡上兩、三個小時，然後中午又要趕來萬神殿參加迎春餐會。

直到迎春餐會結束，國王和王后這才能夠眞正地休息一天，行程滿得嚇死人！

瑪歌聽得咋舌，她還以爲國王和王后的身分尊貴，參加活動應該都只是走個過場，卻沒想到這「走過場」也這麼辛苦，忙得連睡覺時間都沒有！

其實萬神殿的神官們也很忙碌，只是瑪歌才剛進神殿，很多事情、很多活動都不會叫他們這些小菜鳥執行，新晉神官只需要跟著前輩們的腳步參與儀式、熟悉流程就行了，等到瑪歌的資歷再深一些、學習的東西多一些，就輪到她們成爲活動和儀式的策劃人了，屆時她肯定說不出「輕鬆」兩個字。

02

在瑪歌心心念念中，神官的課程終於開課了！

第一周的課程是各大主神殿推出的「課程講座」，讓瑪歌他們這些菜鳥神官了解課程內容，之後才會叫他們進行選課。

主修課程《道具製作》是必修，而在選修課程方面，瑪歌選了戰神殿的《基礎鍛鍊》和智慧神殿的《神文進修》。

選戰神殿的《基礎鍛鍊》課程，是因爲瑪歌需要有個正當名目，將自己在學習殿堂裡頭學到的戰鬥技巧展現出來。

而選修智慧神殿的《神文進修》課程，是因爲《道具製作》課程中教授的神文只是最基礎的神文，類似於數學的加減乘除，而《神文進修》課程所學習的神文則是類似於一元二次方程式這種更進一階的內容。

戴恩老師告訴過她，如果她想要在神道上更進一步，更加了解神國和神明，神文的學習絕對是必需且必要的。所以瑪歌選了《神文進修》。

瑪歌原本還想要選美神殿的舞蹈課程和美容課程，只是聽到她選了《基礎鍛鍊》和《神文進修》後，安妮跟凱莉紛紛勸她不要再增加選課了，光是這兩門課程就足夠讓她耗費大量的時間和精力學習，更何況還有一個同樣很耗時間的《道具製作》必修課呢！

前輩畢竟比她更有經驗，瑪歌聽從她們的勸告，只選了兩門選課。

「除了正規課程之外，各神殿也有開設不同的興趣社團。」

安妮見瑪歌的學習興致濃厚，便給了她另一個建議。

「社團比上課自由，就像貴族的興趣沙龍一樣，不會約束成員行動，遇到喜歡的活動內容就參加、不喜歡就不參與，時間調度上相當方便。等妳適應課程以後，要是覺得自己還有精力，可以挑選喜歡的社團加入。」

「好。」

第一週是各個課程的粗略介紹，到了第二週便是正式開始上課了。

因爲已經事先在學習殿堂學過，瑪歌在《道具製作》課上如魚得水，學習進度飛快，教導的老師誇讚過她好幾回，認爲瑪歌在道具製作上很有天賦。

而《基礎鍛鍊》課程也因爲有學習殿堂的訓練打底，讓她在課堂上雖然不是最頂尖、最出色的學生，卻也是名列前十名的優等生。

《神文進修》課程這裡就出現困擾了。

瑪歌發現，這門課程學習的神文確實比道具製作要深入一些，不過因爲大多數神文她都預先在學習殿堂學過了，所以也難不倒她。

問題出在，部分神文跟她在學習殿堂學到的不一樣啊！

例如有個神文，戴恩老師教導的是類似英文的「S」字體，但是《神文進修》的老師教導的卻是類似波浪紋「~」的模樣，還有一個神文是類似於「&」的字體，結果《神文進修》的老師卻是教成了「8」字！

這……到底哪個才是對的啊？

瑪歌帶著上課用的教材和滿滿的疑惑進入學習殿堂，向戴恩老師詢問。

「我教的才是對的。」戴恩老師回得理所當然，絲毫沒有猶豫。

「神官前輩教的是錯的？可是神文具有力量，要是錯誤，肯定會自毀，不可能不被察覺啊……」

神文具有特殊力量，無法使用印刷印製，印一個就毀一個，只能由神官親手抄寫，所以瑪歌覺得抄錯神文是很有可能發生的事。

只是神文如果寫錯，那它的力量就會衝突，會出現異狀，甚至是燃燒自毀，不可能不被發現……

「妳怎麼知道抄錯的沒有自毀呢？」戴恩老師反問：「錯誤大的神文會出現異

常，容易被發現，這兩個文字的形體相近，所以只是力量減弱，甚至變成毫無力量，表面上看來沒有問題，自然就不被發現了。」

神文又不是單個使用的，一般都是由數十字、上百字構成的篇幅，其中有一、兩個神文失去力量，也不會造成多大的影響。

不過……「錯誤還是要糾正回來。」戴恩老師如此說道。

不然哪天眞的需要動用到失去力量的神文，卻發現神文是錯的，那可就麻煩了。

「要怎麼做？」瑪歌傷腦筋地抓抓頭髮，「我總不可能跑去跟教導神文的前輩說：『前輩，你教的神文是錯的』吧？他要是問我『爲什麼會知道？』、『是從哪裡學習神文的？』，該怎麼辦？」

「妳用錯誤的神文寫一篇稱讚貓神的詩篇，在貓神像前獻給牠。」戴恩老師微笑著說道：「貓神一看見妳錯字連篇，肯定會扔下幾本神文書籍讓妳好好學習。」

「……這個方法難道沒有其他神官用過？」瑪歌面露懷疑。

照理說，學會神文以後，應該會有神官想用神文寫文章獻給神明，如果有人使用過這個方法，肯定會有神明發現神文寫錯了，又怎麼可能會不糾正呢？

「會注意神文的只有智慧神，只是智慧神相當忙碌（忙著關注各神明的八卦），很有可能沒注意到……」

至於其他神明……太陽神喜歡到處遊玩，不關注詩詞文章；海神喜歡飲酒作樂，不關注詩詞文章；戰神喜愛戰鬥和收藏各式各樣的武器，不關注詩詞文章；美神只在乎各種美麗事物，不關注詩詞文章；工藝神只會埋頭製作各種感興趣的器物，不關注詩詞文章；婚姻神只在乎夫妻之間的愛恨情仇，不關注詩詞文章；冥神經營死亡國度相當忙碌，不關注詩詞文章……

簡言之，那堆神明都是一群不愛唸書、不愛看詩詞文章的。貓神也一樣。

不過貓神對祂的小神官關注度高，小神官敬獻的東西祂多多少少還是會看上一眼，看了以後就會發現有錯字。

獻給貓神的禮物怎麼可以有錯字呢？於是貓神就會扔下幾本神文學習的字典給小神官。

以上就是戴恩老師的安排。

事情的發展也如同戴恩老師所想，在瑪歌獻上一篇錯字連篇的文章後，貓神馬上通過光柱，扔了幾本磚頭那麼厚、畫冊那麼大的字典給她，差點沒把瑪歌嚇死，以爲是貓神看不慣她那小學生一般的文章，生氣了！

畢竟她的《神文進修》才剛開課不久，學習到的神文不到一百個，想要從這一百個神文中湊一篇文章，還要將錯誤的神文塞進去，這難度可不是一般的大！

瑪歌絞盡腦汁，最終也才勉強擠出一篇小學生文筆的文章。

——啊，我親愛的貓貓，您像山，您像河，您是一切的美，我愛你，很愛你。

說實在的，這篇文章就連瑪歌這個創作者看了都要尷尬臉紅！

在瑪歌被厚重的字典嚇到尖叫，以爲要被字典壓死時，字典突然被一股無形的力量托起，懸停在瑪歌面前，而後拐彎飛到祭壇上，整整齊齊地堆放。

逃過一劫的瑪歌瞬間鬆了口氣，驚險未定地拍拍胸口，隨後從光柱中隱約聽到一聲像是笑聲的貓咪聲音。像是在嘲笑瑪歌膽子小。

瑪歌：……我家可愛的貓神怎麼可能嘲笑我呢？錯覺！肯定錯覺！

03

瑪歌獻上文章的時候，貓神殿裡也有其他神官在場，所以「貓神再次顯現神蹟，送給瑪歌好幾本神文字典」的消息，經由這些神官在萬神殿迅速傳開。

神官、執事神官和大神官紛紛趕來，親眼看見了祭壇上的幾本厚重字典，以及放在其中一本字典上的紙條。

紙條上面用龍飛鳳舞的字體寫著一行神文——錯字連篇，好好訂正！

瑪歌佯裝委屈地將自己寫的文章抄寫出來，說她在寫文章的時候可是確認過很多次，上頭並沒有錯字！

神官們也在逐一瀏覽過文章後，確定上頭的神文都是正確的。

「要不，我們對照字典看看？」瑪歌將話題引導到字典上。

一行人便翻開字典，逐一對照上面的文字，這一查證，神官們赫然發現，字典上的文字竟然跟他們教授的不同！

這下可發生大事了！

神官們當然不會認爲是字典有誤，神文可是神明開創的文字，神明自己怎麼可能會出錯？肯定是他們自己在抄寫時抄錯了！

智慧神殿的神官崩潰地拿手帕掩面，努力壓抑已經湧到喉嚨的土撥鼠尖叫聲。

「難怪智慧神從來不回應我們，祂肯定是在等我們自己發現錯誤，結果我們都沒有察覺，還一直不斷用錯字寫文章給祂！」

「天啊！這簡直是一場災難！」

一想到智慧神看到他們錯字連篇的表情，智慧神殿的神官們就覺得頭暈目眩、快要昏過去了！

智慧神：不，我只是沉浸在關注神明同事的八卦和深奧的天地眞理，沒時間看你們那些枯燥無味並且無法給我帶來知識和樂趣的文章。

「別著急，創世神曾經說過：『神明不是萬能，祂們也會犯錯』，神明都會出錯，更何況是我們凡人？」

聖祭司的語氣平緩而穩重，那淡然神閒的氣場瞬間安撫了眾人的慌張。

「先將錯誤的神文改了，相關課程先停下，然後寫一篇悔過文向神明們懺悔，只要誠心悔過，我相信神明會原諒我們的。」

「是，神明都是威嚴而仁慈的。」

「另外，獲得字典的神官……叫做瑪歌對吧？」

日理萬機的聖祭司原本應該不會關注到新進神官，但是他從副手那裡聽過幾次瑪歌的消息，對這個加入萬神殿不久的小神官也有了初步印象。

「瑪歌神官不錯，因爲她的關係，我們才知道神文的錯誤，應該給予嘉獎。你們說，應該給她什麼獎勵才好？」

聖祭司詢問著眾人。

「確實應該給予獎勵。」貓神殿的祭司率先響應，「瑪歌的性格溫和友善，在貓神殿裡的人緣很好，養育貓群也很用心……」

貓神殿的祭司笑著替瑪歌說了幾句好話，爲她在聖祭司面前加深印象。

「雖然瑪歌成爲神官的時間短暫，神官應該學習的知識也還沒學完，不過她第一次參與祝禱日就獲得神賜，平日參拜貓神像時也引發過多次神蹟，深受神明關注……」

「瑪歌神官不只性格好，她也做出了不少貢獻。」

智慧神殿的祭司因爲神文字典的關係，對瑪歌印象很好，開口爲她說話，「她將神明賜予她的金鱗旗魚送到海神殿養育，海神殿經由金鱗旗魚掉落的鱗片，培育出具有金鱗旗魚血脈的新型魚種。」

海神殿祭司點頭，表示確實有這件事。「新型魚種尚未命名，之前我們吃了一隻，味道極好。」

「神國雲魚被留在貓神殿照顧花園和貓群，現在貓神殿的花園可是欣欣向榮，不輸給豐收神殿。」

豐收神殿祭司回以微笑，「神國雲魚確實很精通植物照顧，神國雲魚能夠進行小範圍的降雨，牠製造的雨水能讓植物生長的更好，目前我們正在針對神國雲魚的雨水進行研究……」

工藝神殿祭司也開口附和，「豐收慶典和春日餐會上的各種美食，雖然是廚師們的創作，但是這些料理也是從瑪歌神官的廚神食譜中獲得的靈感。」

「昨日獲得的神文字典現在正在進行訂正……以這些貢獻來說，爲她晉級也是符合規定的。」

最後，眾位祭司一致贊同瑪歌晉升爲執事，並給予她三百貢獻點作爲獎勵。

至於她的工作內容，職權範圍，則是由貓神殿自行決定。

萬神殿的各個職位並不是一成不變的，祭司們會看情況增加或是減少職位，即使重要職位上都已經有人了，像瑪歌這種做出貢獻的神官也是能夠獲得一個清閒的職位。

貓神殿討論過後，決定給予增設一個後勤執事的名額給瑪歌。後勤執事負責貓神殿的一干物品採購，包含食物、生活用品、祭祀用品、書籍、文具等等。

考慮到瑪歌擅長廚藝，後勤主管便從林林總總的採購項目中，劃分出廚房採購這一塊給瑪歌。

廚房的採購看起來繁雜，其實神殿都有固定配合的商家，收貨、驗貨是由廚師負責，以瑪歌跟庫克大廚的交情和庫克大廚的人品，她也不用擔心大廚會在背後搗亂。

而且瑪歌要是學習學得煩躁了或是在神殿中待膩了，還可以藉由「調查市場」、

「採購新食材」的名義出門逛市集、到處玩玩，也算是一項隱形福利了。

可以說，貓神殿的主管們是真心為瑪歌設想許多，為她考慮了種種情況，才定下這個職位給她。

04

瑪歌並不清楚自己竟然已經升職了。

她現在正準備要挑戰第一次的時空門穿越！

「食物、水、匕首、防身的道具……」雖然事前就已經清點過許多次行李，但是在出發之前，她還是忍不住又清點了一次。

「戴恩老師，我傳送過去要是遇到危險，可以立刻傳送回來嗎？時空門會不會有延遲？」

「這個問題妳已經問過我三次了。放心，絕對可以立刻傳送回來。」

戴恩面露無奈，這孩子看起來不是膽小的人啊，怎麼會嚇成這樣呢？

「我這不是擔心嘛！時空門的傳送地點是隨機的，要是我運氣不好，直接傳送到荒獸窩裡頭怎麼辦？」

那她不就成了自動送上門的「外賣」了？

「時空門沒有這麼不可靠。妳這麼懷疑它，它會傷心的！」

像是在回應戴恩老師的話，時空門的門扉上出現一對水汪汪的眼睛和嘴巴，眼神中流露出委屈的情緒，嘴巴也跟著噘起。

「抱歉、抱歉，是我不好，我的錯。」瑪歌連忙雙手合十朝時空門拜了拜，真誠的表示歉意。

「我第一次出門，聽說外面很危險，有很多野獸和荒獸，我又是自己一個人，有點害怕……」

即使她在戴恩老師手底下跟荒獸對練過，可是戴恩老師也說了，這些被他抓來對練的荒獸都是性情比較溫和、沒什麼攻擊手段、傷害性不高的，要是瑪歌運氣不好，遇到凶狠又強大的荒獸，以她現在的實力肯定會被對方一口吞！

時空門眼裡的水花消失了，原本下彎的嘴角也再度上揚，門扉還飄出好幾朵粉色小花，用來表現時空門對瑪歌的安慰。

粉色花朵飛到瑪歌身上就化為點點光粒子消失了，她心中的忐忑也神奇地被安撫了。

「謝謝。」

一旁的戴恩老師笑了笑，調侃道：「妳就算不相信妳自己，也該相信我的訓練。」

「……可是您之前說，我要是遇到厲害的荒獸，就是人家口中的小點心。」

瑪歌原本對自己的身手也有一點信心，畢竟戰神殿的戰鬥神官都說她學得不錯，可是被戴恩老師一評價，她的自信沒了。

「能值得我評價厲害的荒獸可不多，一般荒獸妳還是能應付的。」

戴恩覺得自己跟瑪歌的想法大概有很大的出入，只好更加詳細地向她解釋一番。

戴恩的眼界和實力高，能被他評價厲害的荒獸當然就是很厲害的那種，而瑪歌對這個世界不了解，對自己的實力認知度也不夠——簡單來說就是沒見識——所以她認爲的「厲害」，就是指隨處可見的荒獸……

想到這裡，戴恩老師就覺得現在的情況既荒謬又可笑。

他之前接觸到的「學生」都是對自己極度自信的，所以他需要經常打壓他們的信心，免得他們因爲自信過度而鬧出事情來，現在卻來了一個自認是普通人的瑪歌……

呵呵，能擁有這座學習殿堂並且受到創世神關注的人，能普通嗎？

也不曉得這個小傢伙是過於謹慎還是太沒自信？看來要改變一下對待瑪歌的態度……

戴恩老師一邊在心底修改「教學計畫」、一邊催促著瑪歌動身，「妳趕緊出發吧！再拖延就天黑了。」

時空門的門扉應聲打開，門外是一片綠意昂然的森林，周圍的樹木並不密集，燦爛的日光從樹林之間灑落，在草地上形成一圈圈光暈，前面約莫五百公尺左右有一片波光閃閃的大湖。

瑪歌站在門邊探頭觀察了一下，確定周圍沒有危險後，這才謹慎地踏出時空門。

時空門在瑪歌進入森林後就自動消失了，瑪歌回頭看了時空門原先的位置一眼，小小聲的呼喚，「時空門？」

時空門再度顯現出來，門扉上浮現一個問號。

「沒事，我只是測試一下。」瑪歌訕訕地笑笑，又誇讚道：「時空門的反應很快呢！好棒！」

時空門開心地飄出幾顆小愛心，顯然很高興受到誇獎。

「我要去冒險了，要是我叫你，你也要像現在這樣立刻出現喔！」瑪歌叮囑道。

時空門的門扉上浮現一個大拇指的圖案，表示它知道了。

跟時空門定好約定後，瑪歌這才安心地在森林中行走。

沿途，瑪歌見到許多美麗又夢幻的花草植物，許多都是她喊不出名號的。

瑪歌本想摘幾朵花回家，但是又擔心這些植物不曉得有沒有毒？

瑪歌可是聽說，荒郊野外有不少毒花、毒草，有些是香氣有毒、有些是汁液有毒，有些是自帶毒刺、毒絨毛……

「以後要學一些植物方面的知識……」瑪歌默默地將這件事記錄下來。

神殿教授的必修課中有草藥學，但是教授的草藥就只是常見、常用的種類，雖然那些草藥加一加也有上百種，可是跟整座森林的植物比起來，這數量還是少了！

就在她快要走到森林出口時，一道白色的身影突然閃過她面前，讓她嚇得原地蹦起。

瑪歌定眼一瞧，發現那是一隻身高足有三公尺以上的巨大白貓！

大白貓的眼睛蔚藍濃豔，如同最高級的藍寶石，眼底閃爍著點點星光，彷彿星辰凝聚，一身白淨如雪的長毛無風自動，毛髮蓬鬆柔軟，如同縷縷雲絲，繁複的花紋浮現在牠的額頭、背部和四肢處，讓牠看起來既夢幻又神祕。

「好帥……」瑪歌驚豔地看著大白貓，要不是牠的氣場過於強大，她早就撲上去親親摸摸抱抱了！

聽見瑪歌的誇讚，貓神蘭斯的耳朵晃了晃，表面上一本正經、心底卻是得意至極。

呵，他就知道小神官很喜歡他！

蘭斯在瑪歌的額頭處留下了印記，在瑪歌來到神國時他就察覺到了，當時他感到很訝異，在沒有神侍引路迎接的情況下，凡人根本不可能來到神國，瑪歌是怎麼跑來的？

他趕過來查看時，意外發現瑪歌身上竟然有時空門那傢伙的氣息！

貓神蘭斯難以置信，又仔細地審視瑪歌一番，這時他察覺到瑪歌身上有一絲隱晦地「熟人」氣味。

嘖！喜歡跟他爭搶創世神關注的討厭傢伙！

貓神不悅地扯了扯耳朵，發出一聲沉穩的低鳴。

『妳爲何出現在這裡？』

「你、你好，我、我只是路過……」聽懂了大白貓的意思，瑪歌緊張的解釋。

說也奇怪，即使之前在王室餐會上見到國王和皇后，瑪歌的心情都是平和自然，完全不緊張，可是在這隻大白貓面前，明明對方的態度很平和，她卻緊張的不得了！

『妳是怎麼來的？』

「我、我用時空門傳送過來的……你知道時空門嗎？」

貓神當然知道，他以前懶得自己飛的時候，都是叫時空門開門送他前往目的地的。

只是在創世神沉睡後，時空門就跟著跑不見了，它怎麼會出現在小神官身邊？

有趣！貓神蘭斯提起了興致。

創世神沉睡後，其他神明不是固守在自己的神域，就是也跟著睡上一段時間，導致現在的神國沒有以往那麼熱鬧好玩，讓蘭斯無聊死了！

現在他的小神官身上發生了有趣的事情，他當然要好好了解、接觸一下！

不過接近小神官可不能用貓神的身分，不然肯定會被他的「熟人」一眼看穿，那就不好玩了！

念及此，貓神蘭斯扭頭跑走，丟下瑪歌一個人愣在原地。

「欸？怎麼突然跑了？」瑪歌遺憾地看著大貓遠去的身影，她還想要跟大白貓多聊一會兒，看看能不能跟牠混熟，同意讓她摸摸毛呢！

第一冊完

Story ⑫③

穿進戀愛遊戲當神官(1)

作　者—貓邏

腦中充滿幻想，喜歡編造故事的幻想貓。

****

部落格：貓步慢行

http://cats1016.pixnet.net/blog

FB粉絲專頁：貓邏的幻想國

https://www.facebook.com/MaoLuo.1016

噗浪PLURK：貓邏的小窩

https://www.plurk.com/aven791016

繪　者—Welkin

愛的旅人Welkin，世界迷走中。

twinkle.ninpou.jp

美術設計—李品萱
主　編—李國祥
企　畫—吳美瑤
董事長—趙政岷
出版者—時報文化出版企業股份有限公司
108019台北市和平西路三段二四〇號四樓
發行專線—（〇二）二三〇六—六八四二
讀者服務專線—〇八〇〇—二三一—七〇五
（〇二）二三〇四—七一〇三
讀者服務傳真—（〇二）二三〇四—六八五八
郵撥—一九三四四七二四時報文化出版公司
信箱—10899台北華江橋郵局第九九信箱
時報悅讀網—http://www.readingtimes.com.tw
電子郵件信箱—genre@readingtimes.com.tw
法律顧問—理律法律事務所　陳長文律師、李念祖律師
印　刷—紘億印刷有限公司
二版一刷—二〇二五年七月十一日
定　價—新台幣三六〇元

穿進戀愛遊戲當神官 1 / 貓邏著. -- 初版. -- 台北市 : 時報文化出版企業股份有限公司, 2025.07

面； 公分. -- (Story ; 123)

ISBN 978-626-419-645-1(平裝)

863.59　　114008523

ISBN 978-626-419-645-1
Printed in Taiwan